무소유보다도 찬란한 극빈

나남
nanam

김영승

1958년 인천에서 태어나 제물포고등학교를 거쳐 성균관대 철학과를 졸업했다. 1986년 계간 〈세계의 문학〉 가을호에 〈반성·序〉 외 3편의 詩로 등단했다. 시집으로 《반성》, 《車에 실려가는 車》, 《취객의 꿈》, 《아름다운 폐인》, 《몸 하나의 사랑》, 《권태》, 《화창》, 《흐린 날 미사일》이, 에세이집으로 《오늘 하루의 죽음》, 《젊은 산타클로스의 휘파람》(근간)이 있다. 현대시작품상, 불교문예작품상, 인천시문화상, 지훈문학상을 받았다.

나남시선 71
무소유보다도 찬란한 극빈

2001년 10월 25일 초판 발행
2013년 5월 27일 재판 발행
2013년 5월 27일 재판 1쇄

지은이_ 김영승
발행자_ 趙相浩
발행처_ (주) 나남
주소_ 413-120 경기도 파주시 회동길 193
전화_ (031) 955-4601 (代)
FAX_ (031) 955-4555
등록_ 제 1-71호(1979.5.12)
홈페이지_ http://www.nanam.net
전자우편_ post@nanam.net

ISBN 978-89-300-1071-9
ISBN 978-89-300-1069-5(세트)
책값은 뒤표지에 있습니다.

나남시선 71

무소유보다도 찬란한 극빈

나남
nanam

自序

일제시대 중국 상해엔 '화기'(花妓)라고 하는 '눈먼 창녀'가 있었다. 고급 청루(青樓)의 주인들은 전국을 돌며 가난한 집의 아주 어린, 예쁜 소녀들을 사들여와 호의호식, 공들여 사육(?)했다. 그리고 눈을 멀게 하는 약을 먹여 서서히 눈을 멀게 만들었다. 포동포동 살이 찌고 하얗게 눈이 멀면 '花妓'는 완성된다.

나는 내 스스로 '가난한 집의 아주 어린, 예쁜 소녀'인 '나'를 사들여와 그러한 '눈을 멀게 하는 약'을 먹였다. 그리고 '花妓'가 되었다. '눈먼 창녀'로서의 나는 아무것도 볼 수 없었던 것이다. 나의 詩는 그렇게 '눈을 멀게 하는 약'으로서의 '독'(毒)이며 동시에 그러한 '毒'을 해독하는 해독제로서의 '약'(藥)이기도 하다. 나는 그렇게 관능(官能)의 주체였으며 동시에 객체로서의 詩人이었던 것이다.

'눈먼 창녀'여, '관능의 화신'이여! 나는 즐겁고, 그리고 장엄(莊嚴)하다. 내가, '칠흑'(漆黑)의 그 모난 자갈밭을 두 무릎으로 기며, 그 두 무릎으로 더듬듯 쓴 詩를 나는 또 점자(點字)처럼 더듬으며 운다. 당할 '성적 학대'를 다 당하고, 그리고 나는 '집'으로 돌아갈 것이다.

나는 태어나서 지금까지 내 자신이 가난하다고 생각해본 적은 단 한 번도 없다. 앞으로도 그럴 것이다.

작품 배열은 장고(長考) 끝에 '아무렇게나' 했으니 부디 '아무렇게나' 읽어주기를 바란다.

너무 오랫동안 무슨 마른 '北魚 대가리' 같은 삶을 살아서 그런지 어떤 부드러움, 부드러운 육체와 영혼과의 스킨십이 조금은 그리웠나 보다. 좌우지간 7년 만에 일곱 번째 시집이라니… 폐일언하고 눈물겹다. 시집을 냄으로써 나는 겨우 이런 式으로 내가 그리워(?)한 이 세상과의 스킨십을 할 뿐이다.

"잘 먹고 갑니다…"

음식을 먹고 각자 음식값을 지불하듯 이 地上에 머무는 동안 나는, 아니 나도 겨우 이런 式으로 더치 페이를 할 수 있는 것이다. 아니 나는 이런 式으로 스킨십을 하며 이런 式으로 더치 페이를 한다. 나는 堂堂하다.

… 하염없이 삐걱이는, 내 육체와 정신의 고루거각(高樓巨閣), 그 아득한 망대(望臺)에서, 아아, 꽝꽝 얼

어붙은 내 참혹한 육체와 정신의 그 푸른 백야(白夜)에서, 나는 드디어 내 영혼의 강력한 극광(極光)을 발(發)한다!

부디 용서하소서… 나는 그저 기도할 뿐이다.

별이 쏟아지고, 그리고 나는 그 쏟아지는 별을 나의 두 '눈'으로 바라보고 서 있다. 내 눈동자가 이미 그리고 온통, 나를 바라보는 한 아름다운 소녀의 눈동자 같다. 별빛이 나의 전신(全身)을, 그 앙상한 전라(全裸)의 全身을 도금(鍍金)하는 아름다운 가을밤이다.

2001년 9월
김 영 승

김영승 시집

무소유보다도 찬란한 극빈

차 례

베 베갯잇

어머니가 베를 끊어다가 베갯잇을
만들어 갖고 오셨다 어머니가
베를 끊어다가 물에 담가 불렸다가
곱게 밟아 널어 말렸다가
이 여름 베고 자면 시원하다고
머리 하얀 내 어머니가
베틀에 앉아 베를 짜던 새색싯적 내 어머니가
일찌감치 님 먼저 묻고
손에 든 북 집어던질 일도 없이
짜던 베 칼로 찢을 일도 없이*
어머니 베적삼에 쓸린 속살

너도 아비가 되었으니
네 아비를 잊지 말라는 듯
살아 生前 生베 喪服[상복]만 입고 살았구나
살아 生前 生베 喪服만 입고 살았구나

喪廳[상청]같은 집

---

* 이 부분은 각각 '투사(投梭)'와 '단기(斷機)'의 고사를 참고할 것.

玄室[현실]같은 房,

숭숭 뚫린 구멍에
별빛 달빛 바람 물
구만리장천, 허공으로 새어나가는구나
비류직하삼천척, 폭포 같구나

꽃잎 날개

밥을 먹어도 이 여름
얼음 띄운 맑은 물에 반듯하게 썬 오이지
그렇게 먹고 있는 한낮

채송화 노란 꽃 빨간 꽃
봉숭아 흰 꽃 빨간 꽃 이름 모를 蘭[난]
별같이 총총히 핀 작은 꽃 흰 꽃
양귀비 흰 꽃 빨간 꽃
분꽃 그 빨간 꽃 환한 호박꽃
주렁주렁 달린 파란 고추 빨간 고추
그 흰 꽃

피고 지고 또 피고 지고 또 피고 지는 걸 보니
노란 나비 흰 나비 큰멋쟁이나비
고추잠자리 실잠자리 밀잠자리 또 왕잠자리
말벌 호리병벌 풍이 풍뎅이
다 날아드는구나

인천에서도 배다리 그 도원고개
그 기찻길 옆 길 건너 대장간 철공소 붙어 있는 동네

初伏초복지난 이 痛快통쾌한 날
닭 한 마리 사다가 놓고 아내는 마늘을 까고 있구나

어린 아들은 부엌에서 목욕을 하고
나는 어느 꽃잎 어느 날개 속에
이들을 포근히 뉠꼬
생각하는데
强風강풍에, 急流급류처럼
우리집 그 좁은 골목으로 새까맣게 휘몰아쳐 들어
온다.

氷上[빙상], 木炭畵[목탄화]

걱정스럽다는 듯이
어떻게 사세요? 하고 물으면
이것저것 청탁받은 원고 쓰고
여기저기서 또 꾸기도 하며 그냥
살지요 하며 나는 웃는다
원고 쓴 돈으로 꾼 돈 갚으며 말입니다

그럼 형께서는 어떻게 사십니까?
내가 물으면
저 사는 거야 뭐 그렇지요
하며 하하하
나보다 더 크게 웃는다

누구누구 결혼식인데 거기 오실 겁니까?
예 가야지요
개나리와 진달래가 참 환합니다
어제는 친구 아버님 장례식에 갔습니다
화장을 했어요
엄청난 강풍이 부는 캄캄한 강가에
뿌리고 왔습니다

뚜껑을 열자마자
확 다 날아갔습니다

요즘도 술 많이 드시지요?
처자의 안부를 물으며
소주를 마시는 밤

날 사랑하는 부모 형제
이 몸을 기다려

문득 스와니강 노래를
나직히 불렀다.

잘못 쓴 시

내일은 한로
아름다운 날
또 보름 있으면 상강
검은 돌에 낟가리에
찬 이슬 내리겠네
하연 서리 포근하겠네

단풍 들고 눈 내리고
온누리 수레바퀴마저 꽝꽝
얼어붙으면

불 지피리 부지깽이 들고, 생솔가지 마른 장작
보릿짚 볏짚 마른 삭정이 탁탁
아궁이 앞에 앉아 고즈넉이
아랫목 화롯가에 앉아 그림자처럼

썰매 타러 나간 아들
기다리겠네

보글보글 된장국 뚝배기 올려놓고 귀신처럼

손끝 매운 고운 아내

바느질하겠네 뜨개질하겠네 쌩쌩 부는
겨울 바람

고구마 깎고 국수 삶고

얼음 깨고 얼개미*를 뜨면
새까맣게 튀는 새뱅이**

초가지붕 처마 밑엔
고운 솜털 한 줌 참새,

밤은 깊겠네.

---

* '어레미'의 사투리

** '생이'의 사투리. 토하(土蝦).

G7

이 추운 밤 전기도 나가
촛불 세 개를 켜놓고 덜덜, 덜덜덜 떨고 앉아
지금보다 더 덜덜, 덜덜덜덜 떨었던 지난날의 나만을 생각하다가
촛불 한 개를 더 켜놓고 촛불 네 개에 손을 쬐며
'si — la — mi — re'
길이가 다른 양초 도막에 음계를 붙여놓고*

시시각각 낮아지는 이상한 악보의
노래를 작곡해놓은 나는
아무 말도 안 했는데
목이 팍 쉬었다,
새벽이 오기도 전에

도망치자
이 흉측한 〈언어의 세계〉를 탈출해
도대체 말이 필요 없는 곳으로

---

* 이 부분은 "'계명'을 붙여놓고"고 해야 옳으나 그냥 초고를 존중하기로 했다.

양초 도막 같은 네 개의
거대한 石柱만 남아 있는
바람 한 점 없고 고요한
무지무지 밝은 눈부신 곳으로
그 무슨 신비한 문명의 유적 같은
따뜻한 곳으로

가서
부지런히 〈투표〉나 하자
나는 나만을 지지한다고

내가 최고라고
나만이 나의 영도자라고,

나만이 나의 '노예'라고.

겨울 눈물

내 오늘은 울리
그냥 울리
울면서 그냥
울리

얼어붙었는데

왜 울었냐 하면
모르네…

그저 TV에
어떤 불쌍한 아이들

아빠 없고
엄마 아픈

아파도 신장 이식해야 할 만큼 아픈
치료비도 없는
신장 떼어주려 해도
미성년자라서 안 되는

그 어린 세 자매 보고
운다

나는 잘
운다

하나님 아버지
울게 하시니
감사합니다,

웃게도 하소서.

처음 보는 女子

피카소는 자기가 무슨 어린 아이와 같이 그림을 그리는 데 꼬박 50년이 걸렸다 정말이다 어쩌구 했지만

나는 가난한 자는 복이 있나니 하는 진리를 스스로 發源[발원]해 法悅[법열]하는 데 거의 50년이 걸린 셈이다.

물론 내 나이는 43세, 아들의 나이 11세를 더하면 대충 그 정도가 된다.

아아, 아들의 人生이 내 人生에 더해졌구나…

기껏 〈Scarborough Fair〉나 따라 부르며 보낸 어린 시절,

나는 어렸을 땐 당연히 어린 아이와 같이 그림을 그렸고 지금까지도 나는 어린 아이와 같이 그림을 그린다.

이 女子는 처음 보는 여자다

그러니까 이 女子는 거의 비슷한 구석이 없는 生前 처음 보는

女子라는 것이다

나는 그 女子의 全身을, 그 누더기 넝마에 싸인 氷肌빙기, 그 灼熱작열하는 全貌전모를 보았다.
그 全生涯전생애를

人生은 짧고 예술은 길다 라는 말이 가장 實感실감날 때는
이렇게 처음 보는 女子를 보는 그 事件을 接했을 때 뿐이다.

바람은 억수같이 불고
이 겨울,

나는 또 그 처음 보는 女子의 몸에
그림을 그린다.

가난하다고?
至福지복이다.

겨울밤, 카바레 앞을 지나며

1.

"임마 그러면 마 니주바리씹빠빠됨 마."
"니주바리씹빠빠가 뭐야?"
"임마 니주바리씹빠빠도 몰람 마?
니주바리씹빠빠는 마 보지같이 조—터진다는 거얌 마.
조—터져섬 마 니주바리*가 보지같이 빠빠된다는 거얌 마."
"형은 왜 니주바리씹빠빠되고 다녀?"

그 거지 형제 같은 거리의 천사들은
그렇게 얘기하고 있었다.

"형, 빨리 토까!"

---

* '너의 입'의 뜻.

2.

코피를 닦으며, 형이 동생을 아주 살살 두 대 때렸다.

왜 때려 으앙 울면서, 열 대 맞어 씨, 장난감 권총으로 동생은 형을 때렸다.

"넌 열 대 때리라니까…"

열 대를 빡빡 세게 맞으며 형은 자꾸자꾸
웃고 있었다. "넌 열 대 때리라니까…" 하면서
자꾸자꾸 때리고 있었다.

서울신탁은행귀신

귀신이 있다 있다 별의별 귀신이
다 있지만 나는 이제 서울신탁은행 귀신
내가 세상에 태어나 처음으로 개설한
온라인 계좌 만 원도 오고 삼만 원도 오고
오만 원도 오는 원고료를 갖고 도장 갖고
찾아가는 곳 버스를 타고 가다가도
서울신탁은행 지점을 보면 우리 은행야
나는 중얼거리네 우리
은행야 아내에게도 말한다 내가
세상에 태어나 가난한 것은
당연한 일 우리 은행야.

내가 돌았을 때

내가 돌았을 때
어 너 돌았구나 참 잘 돌았다 도느라고
얼마나 애썼니
칭찬해 준 사람도 없었고, 위로해 준 사람도 없었고
아니 멀쩡한 새끼가 왜 돌아 지금이 돌 때야
욕해 주는 사람도 비판해 주는 사람도
없었다 다음부터는 돌지 말아라
개과천선할 기회를 주지도 않았고
왜 돌았을까 그 원인을 분석해가며
그래 네가 돈 것을 이해한다 수긍하는
사람도 그 예리한 지성 다 어디로 가고
이렇게 되었을까 끌어안고 흐느끼는 사람도
없었다 내가 돌았을 때
나를 돈 사람 취급 안 한 사람도 돈 사람이고
또 나를 참 비범하게 돈 사람이라고 추앙한 사람도
돈 사람이다 나는 내 아들이
구태여 돌지 않아도 되는 그런 환경을
만들어주도록 노력할 것이다 아들이
너무 많다…

자, 나는 또 〈내가 돌았을 때〉라는 시를 쓰다가 말았다.

쓰다가 말다니 얼마나 슬픈가, 죽다가 말다니.

겨울, 봄, 여름…

1996년 2월 2일(금)부터 1996년 8월 7일(수)까지의 일이다.

그 세월이 꼬박 '20년'이다.

이제 '가을'이다.

언 江에 쌓인 눈

—해발 1563m 오대산 비로봉 정상에서

정상에서?
정상에서 뭘 어쨌다는 것은 아니지만 그냥 정상에서, 이렇게 늙어간다는 게
정말 죄송하다 늙어보지도 못하고
죽은 작자들도 참 많은데 나만
홀로 늙어가는구나
문득

얼음 밑엔
물고기,

동생은
나 6학년 때
동생 5학년 때
죽었지만

살아 있다면
마흔 두 살

살아 있어도
함께 늙어간다는 것이 가엾어
가슴 아파 했을 것이다

月精寺월정사에서 上院寺상원사로 건너가는
彼岸橋피안교를 지나다보니 문득

彼岸?

나무 새끼들은 참 나쁜 새끼들이다
山에는 나무 새끼들이 온통 차지하고 있으니
나무에게 略歷약력을 말해서
무엇 하냐 나쁜
나무 새끼들 이런

주정은 아무나 하는 게 아니다 나무
새끼들…

社會人사회인과의
접촉을 피해야 한다
감염된다
病병 걸린다 여름이면
또 얼마나 온갖 잘난 척을 하냐

나무 새끼들 鬱鬱蒼蒼(울울창창)하여

누군가가
“일동, 동일!”
이라는 구령을 한다

‘一同’이라는 예령과
‘同一’이라는 동령이
참 재미있다

나무 새끼들.

黨

"나는 민주당이 싫어요!"

하고 죽은 김영승 어린이의 동상이 서 있는 인천시 연수구 동춘2동 943번지 봉재산 기슭 초가엔 오늘도 찬 바람만 불고

나는 자유당이 싫어요, 나는 공화당이 싫어요, 나는 민정당이 싫어요…

하고 죽은 無數[무수]한 어린이들의 무수한 동상, 그 동상들이

여하튼

2000년 2월 2일 수요일 현재 집권 여당은 민주당(새천년민주당) 인데, 그 대통령은 金大中이고…

모든 黨[당]은 다 惡黨[악당] 같고, 不汗黨[불한당] 같고, 아니 惡黨이고 不汗黨이고,

미성년자, 그러니까 19세 미만, 혹은 18세 미만, 청소년들은, 아니… 들은 '섹스'를 즐겨서는 안 되는가, 저희들끼리, 혹은 나이가 더 많은 老論[노론]들과, 왜

參政權참정권이 없는가, 그렇게

총선시민연대는 또 2차로 공천 반대 인사 명단을 발표하고, 그 당사자들은 또 뭐라고 뭐라고 해명을 하고 길길이 뛰고

어린이들은 아직도, 나는 한나라당이 싫어요,

그러면 그대는 공천 가능(환영) 人士인가?

남녀노소 4,000만이 다
공천 부적격자이고 또한

黨에는 언제나 頭目두목이 있어 —

哲學철학을 같이 공부한 張信奎장신규라는 새끼는 나한테 욕도 많이 먹었었는데, 光州사태(?)가 발발하자 전국에 지명수배된 적이 있고 어쩌구 하더니, 어느 날 보니까 서울 마포 甲인가 乙인가에 出馬를 해 꼴등을 하고, 그러더니 옛 국민회의(현 새천년민주당) 부대변인을 하고 자빠져서 TV에 나와 뭐라고 뭐라고 또 쫑알거리다가, 그러다가 싹 없어져 버렸다. 한때 경실련에 관여를 한 적도 있었고 해서, 아, 그런 새끼들의 길은 따로 있

구나, 그 길을 밟아가는구나 했는데, 역시 그렇게 깡총깡총 팔방놀이하듯 가려 밟고 가고 있었던 것이다. 그런데 중요한 것은, 특별한 직업도 없는데 뭐 먹고 사나 하는 것이다.

그리고 仁川의 어떤 새끼 하나는 나하고 동갑인데 역시 그러고 돌아다닌다.

아직도 무수한 어린이들이, 나는 민자당이 싫어요, 하고 죽어가는데, 단군상 뽀개지듯

그 어린이들 동상이 무수히
뽀개지고 있는데,

參政權?
참정권이 어디 있냐? 민주주의는
그랬으면 좋겠다는 집단무의식이 투영된
허구고
집단적 사기극이고 쇼비니즘 같은
기실 관제 궐기대회고 규탄대회고

인류 역사상
민주주의를 위해서 투쟁한 인간은

단 한 명도 없다 민주주의야말로
새로운 폭력

폭력적 이데올로기의 표상이다 열린
사회건 닫힌 사회건 민주주의는
인류의 마지막 敵적이며
공포의 制度며

민주주의는 권력의
페르소나 이
지긋지긋한 가면무도회엔
익명의 한 票표가

'꽝' 나온 즉석복권처럼
굴러다닐 뿐 섹스를 봐라

어떻게 민주적인 섹스가
가능하겠느냐 타협?
약속?

욕망 앞에서? 有權者유권자?

원숭이들이 고릴라들이

퍽이나 민주적이겠다
리얼리즘 논쟁일 뿐 父子之間에도
고스톱 치다가 유혈사태가 나는데

超人초인은 '初人'일 뿐 그
아무것도 아니다 한평생
사람들의 존경을 받다가 간 새끼도
기실 아무것도 아닌 새끼들도 많다

존경도 다 유유상종의 소산
성장기의 同一視동일시 현상 웃기는
신분 상승 의지의 유치한 發露발로

칠뜨기들의
외설이냐 예술이냐 논쟁처럼.

황소개구리와의 대화

知性과의 대화라고 할 수 있다
세계적인

출애굽전의 이스라엘 민족

모세와 같은 황소개구리가 나와서
너희를 엑소더스, 너희들만의 가나안복지로
가야 할 것 아니냐
어디로 갈 것이냐 황소개구리

다 잡아먹어라, 황소개구리

網[망]을 치고 가둬서 기르던
살이 통통 찌라고 애지중지하던 너희를
이젠 죽이고 있다 어차피
죽이려고 잡아먹으려고 기른 것이지만
밀가루 배급을 받던 백성들 양질의
단백질을 공급하려던

이 땅은 두꺼비를 남생이를

멸종위기에 처하게 했다 맹꽁이를
도롱뇽을 인간은

무슨 사명감?

사명은 인류를 구원하는 일뿐
목사도 비행청소년도 살인자도 백설공주의

일곱 난쟁이도 그
순결한 백설공주를 집단
윤간하는 꿈에 살았을 뿐 그
백설공주를 색정광
색골 색마로
만들어 노예처럼
부리고 싶었을 뿐 그
굶주린 일곱 난쟁이들

황소개굴아, 황소개굴아
力拔山氣蓋世역발산기개세의
황소개굴아,

너희들이
獨房독방처럼

들어가 있을 우물은 턱없이 모자르다

여자
'X지'에라도 들어가 쪼그리고 싶겠지
쥐구멍에라도

개굴아, 개굴아
황소개굴아,

어쩌다가 이 땅에 끌려와
박해를 받느냐
대량학살을 당하느냐

맥아더 장군처럼' 인천상륙작전이라도 감행해
쓸어버려라

너희들의 율도국
너희들의 신대륙

콜럼부스 황소개구리가 나타나
칠면조 잡아
추수감사절을

황소개구리로 뒤덮인 山河

너희는 토종 개구리를 잡아먹고
뱀까지 포식하고
블루길이나 베스, 그리고 이스라엘 잉어처럼

아아, 히브리 노예들의 합창을 하고 있는
황소개굴아

모세가 내리게 한
개구리의 비*
황소개구리의 暴雨[폭우]를
集中豪雨[집중호우]를 아아,
황소개구리의 江은
황소개구리로 범람해
황소개구리의 大洪水

인간들은 노아의 方舟[방주]를

黑人처럼 뿌리를

따끈따끈한

* 구약성서 출애굽기 8~9장을 참조할 것.

膣[질]속에 子宮속에 들어가
冬眠[동면]을 하면

여자들은 그 代價로
自由를, 放生을

그 花代로
慈悲[자비]를

신앙촌 같은 정착촌을
收容所群島[수용소군도]를

아아, 황소개구리의 실내사냥터를
만들지 않은 게 다행이구나

생각해 보라
그 원형경기장
로마의 劍鬪士[검투사]들을
굶주린 獅子[사자]의 밥이 된
노예들을

吾等[오등]은 玆[자]에 我[아] 朝鮮[조선]의 어쩌구 저쩌구
그 식민지 치하의 조선을

白人들이 유린한 호주 원주민
잉카, 마야, 아메리카 인디언

무책임한 인간들
황소개구리와 交媾[교구]해
태어난 것들
미노타우로스*들

짚을 썰고 벽돌을 만들고
술틀을 밟던
채찍으로 부렸던 그 이스라엘 민족들
부려먹을려고 사로잡았다가
그 數[수]가 늘어나자 위협을 느껴 죽이려 했던
애굽**이여 단종수술당한 유태인들

내선일체 죠센진들 불어나면 필시
자국 여자들을 보호하기 위해
불알을 깠으리라

---

* Minotauros. 人身牛頭의 괴물, 크레타 섬의 王 미노스(Minos)의 妃 파시파에(Pasiphae)가 흰 황소와 情交하여 낳은 아들. 다이달로스(Daidalos)가 迷宮 라뷔린트(labyrinth)를 만들어 유폐하고 매년 아테네에서 7人의 美男美女를 뽑아 공희(供犧)하였으나, 영웅 테세우스(Thseus)가 나타나 誅殺, 퇴치함.

** 구약성서 출애굽기 1장 참조.

황소개구리여, 봉기하라
약진하고 돌격하라, 웅비하라, 황소개구리여

체외수정된 너희의 알
나체에 바르며 뒤집어쓰며 핥아먹으며
까무라치는 여자들도 있을라

수천, 수만, 수억 조 京[경]
바닷가 모래알만큼 많은 너희의 알에서

그만큼의 메시아가 탄생하게 하라 팔짝팔짝

메시아들이 온 山河를 도시를
점령하게 하라 뛰어다니게 하라

유아유지 황소개구리들이여
나의 십자군들이여 억만대군들이여
담대하라
결전의 날은, 심판의 날은 곧 오리니
그때까지 각자의 위치에서
토종 개구리들은 잡아먹지 말고 나름대로
견뎌라 비트에 은신한 무장공비처럼

이 나라를 전복할 그날까지
그리하여 황소개구리의 왕국
그 천년왕국을 건설할 때까지….

更生갱생, 그리고 遷都천도…

깨진 바가지를 칡넝쿨로 천천히 꿰매 쓰던 때가 있었는데… 韻致운치 있는 일이다.

깨진 바가지를 아예 박살내 버리고 새 바가지를 꺼내 쓰는 사람도 있겠지만,

내 해골바가지도 몇 번 깨진 적이 있었는데 그때마다
깨진 해골바가지를 박살내 버리고 새 해골바가지를 뒤집어쓰고 다녔다면

새 술은 새 부대에 붓는다지만, 술은 새 바가지건 헌 바가지건 아무거나 떠 마셔도 된다. 아무 지장이 없다.
좀 흘리면 "새는군…" 그러면 되니까. 새는군….

언제나 새 술인 나를 언제나 새 부대인 당신에게 붓고 싶습니다 앗쭈, 어쩌구 하면… '뿅' 가는 년들도 있을 것이다.

술이 새 술인지 묵은 술인지 아는 놈은 이따위 詩도 안 쓴다.

나 恒常 여기 꿰매가며 오래오래 살리라… 飜案曲번안곡 〈아! 牧童〉도 그렇게 바꿔 부르니까 더 슬프다.

꿰맨 해골바가지를 질질 흘리며, 눈물 젖은 빵을 먹어보지 못한 者하고는 '人生'에 대해서 論하지 말자.

'후유증'일까?

10여 년 전에 깨진 내 '해골바가지'가
또 아프다.

또 어디로 갈까
봄비는 내리는데 …

앞山엔 진달래, 뜰엔 개나리

그 꽃잎이 문득
'强力'하다.

극빈

극빈
극광 같은 극빈
國賓[국빈] 같은 극빈 극미한
절세가인의 효빈 같은
극빈
쾌락의 극치, 극, 극
태극, 태극 같은 극빈

이곳 임대아파트로 이사온 지 내일이면 꼭 1년
월 175,300원의 그 임대료가 벌써
두 달째 밀렸네
말렸네 나를 말렸네 피를
말렸네, 극빈

극빈
무소유보다도 찬란한 극빈

'쪽'도 많이 팔렸구나
그래서

쪽빛(顏色)이 쪽빛(藍色)이구나

이것은 pun이 아니라
정당한 진술이다 '언표'다
극빈…

'명령'이다
극빈…

'번역'이다 극빈
'반역'이다 극빈

荒原[황원]의
body language,

극악한 극빈.

인 생

송알송알 싸리잎에 은구…
술만 잔뜩 퍼마시고…
오래간만에…

"죽여버릴 거야…"
십년 공부가 와르르르르르르르…
무너지는 순간이다
주저앉아 슬피 흐느껴 운다

이제 초등학교 1학년짜리 어린 아들이
무슨 죄가 있는가 있다면 내 아내
진짜 있다면 나한테 있는 걸

약이 올라 새빨갛게 독이 올라
폭발 직전, 자살 직전까지
분노가 '滿tank' 되어
참고 또 참고 또 참았다가

질질질질질질질질 육신이

내장이 녹아 항문으로
요도로 흘러내리다가

누가 갖다준 386 고물 컴퓨터
잘못 만졌다고, '또 그러면
죽여버릴 거야!' 아들에게 꽥!
소리를 지르다니 아아아아아아

갈 데까지 갔구나 위험하구나 나
그래도 그런 극언은 그 누구한테도
안 하고 살았는데 아들한테
그런 폭언을 하다니 아내
들으라고 한 소리지만 아내는…

'내가 낳았으니 내가 끝내버릴 거야 또
그러면…' 실성한 사람처럼
중얼거렸다니 하루종일
쉬지 않고 노래 부르는 아들이
움찔, 일순 경계의 몸짓

아빠 이상하다 재빨리
자전거 탄다고 나가버리고
아내는…

아내야 그 말이 옳다
그래도 진자리 마른자리
가려 밟을 것은 가려 밟아야 한다
이 가을
바람 거세고 몹시 추운 날

내가 겨우 그따위 곳에나 나가
돈을 벌어온다는 사실이
영 실망이고 불쾌한지 …

쌓이고 또 쌓이고 쌓여
와르르르르르르르르르 …

그 말이 옳다 소위 '가난'
하지 않았다면 우리 사이에 무슨
싸울 일이 있겠느냐 치욕에 치욕에
또 치욕
나도 치욕을 느낄 줄 아는
사람이다 그 스트레스는
나를
쭈글쭈글 오그려뜨렸다
난롯불에 오그라진
플라스틱 그릇처럼 다시

원상복구될 수 있을까 나는
태어나서 지금까지 내 자신이
가난하다고 생각해본 적은 단 한 번도 없는 놈
또한 가난해서 불편한 것이
부끄러웠던 적도 없었다 나는

'변형'되지 않는다 그것이
나의 '모순'이지만 내 안엔
이 세상의 그 어떤 방패라도
막아낼 수 없는 '창'과 이 세상의
그 어떤 창도 뚫을 수 없는 '방패'가
함께 있다 그것이
나의 비극이고 또한…

밭에 갔다온 아내여
밭엔 무와 배추
잘 자라고 있더냐 옆옆집 110호
가난한 船員 현이네 아빠
일하다 다친 손가락 두 개
절단해야 한다고 어제는
연안부두에서 술 마시고 뻗은 걸
옆집 109호 주영이 아빠가
실어왔다고?

불가사리나 도마뱀이여
그 모든 무형무색무취의
유령이여
영혼이여

그게 아니었던들
내가 생굴에
소주 한 병을 마시고
돌아올 수 있었겠느냐…

내일이면 잊으리 립스틱
짙게 바르고 아들에게
사과하리

"학교에 다녀오겠습니다…"
인사하는 아들에게
꺼내 보이며

나는 내 시뻘건 龜頭귀두에
光낸.

옷

내 최후의 정장은, 아니 최초이자 최후의, 황금빛 찬란한
초호화판 정장은, 이 다음에 어머니 돌아가시면 입을
삼베 상복, 행전에 굴건을 쓰고, 새끼로 腰絰[요질]*하고
짚신에 죽장 든, 내 일생 일대의 정장
그러다가 나 죽으면 그 상복 그대로 수의 대신 입혀다오
스무 살 이후로 나는 상복만 입고 살았구나
죄수복 같은, 환자복 같은, 아무도 모르는, 그저 평범한
내가 입은 옷은 상복 단 한 벌 뿐
누더기 상복 한 벌만 입고 살았구나
얼핏 보면, 넓은 도포자락 펄럭이며, 고개 숙이고 타박타박
哭[곡]하며 걷는 내 모습을 볼 수도 있었건만
상복을 입고 목욕탕 갔고, 상복을 입고 여관 갔고
아아, 나는 상복을 입고 결혼식을 치렀네
상복을 입고 술집 갔고, 상복을 입고 전철을 탔으며

---

* 상복의 허리에 띠는 띠.

상복을 입고 수음을 했네, 그렇게 젊음은 갔구나
나는 죄인이었으므로, 그렇게 돌아다녔네, 굵은 삼베 상복
서걱이며 출근을 했고,
사람들은 그러한 나를 전혀 몰랐구나
꽃잎이 진다, 爆竹[폭죽]처럼, 함박눈처럼 하얀 꽃잎이
펑펑펑펑펑 쏟아진다, 흩날린다, 아득하게 暴雪처럼
상복이 진다, 찢어져 흩날린다, 내 몸이, 내가, 흩날린다, 그때까진
죽지 말자, 먼저 죽지 말자, 그 天上의 禮服[예복]을
벗지 말자, 强風[강풍]이
내 야윈 알몸을, 휘감는다
鋼鐵[강철] 채찍처럼.

北魚

옛날
아주 먼 옛날
柳洞유동 살 때
7~8年 前
결혼 初期

출산하고 난 후였을까
남들은 그게 뭐 그렇게
오랜 옛날이냐고 할지 모르지만
나에게는 옛날
아주 먼 옛날
아득한

술 취해서 자고 있을 때
부엌에서 퍽, 퍽, 퍽, 퍽, 퍽, 퍽, 퍽, 퍽, 퍽, 퍽, 퍽
두들기는 소리가 들려 가보니

"뭐 씹는 게 먹고 싶어서요…"

다락에 두었던
먼지 쌓인
어머니가 갖다주신
北魚를 방망이로 두들겨
뜯어먹고 있었다

이제 아내는
나와 함께 늙어
몸도 아프고—
"그럼 오징어라도 사다 먹지…"
말이 없었다

"돈이 없어요…"

그 柳洞집
열 坪 남짓한 무허가 2층 슬라브 건물의
아래층을 빌려 살 때

房보다 낮은 부엌
그 연탄보일러 옆
쌓인 연탄이

아주 환했다

黑人들같이

아내를 輪姦윤간하고 있는 것 같았다.

아플 때…

아플 땐
奇亨度기형도처럼 열무 삼십 단 이고 장에 간
엄마 생각을 하든가 아니면
바람나서 도망간 엄마라도 있으면 생각이라도 해야 하는데
'엄마'는 없고…

'退行퇴행'하고 싶어라

退行하면
나는 겨우 退溪퇴계나 栗谷율곡이나
버트런드 러셀 정도니

性交時
'엄마 엄마' 하며 젖꼭지를 빨아야
흥분이 된다는 어떤 칠뜨기처럼

지나가는 여자들이나 붙들고
엄마 엄마 해야만 하나

나는,

나는 온갖 못된 짓 때문에
臥病中와병중이지만

高熱고열의 어린 아들은
斷乎단호하게

즈이 엄마조차도 부르지 않는다

도대체 입맛이 없어 아무것도 안 먹던 아들이 별안간
매운탕이 먹고 싶다고 하여 好轉호전된 두 父子
병원 갔다 오는 길에 대구탕 1금 5,000₩ 짜리를
한 그릇씩 시켜 먹고 왔다 아내는
내가 어디서 주워온 것인지 바꿔온 것인지 한
커다란 우산을 쓰고 또 타박타박

아들과 나 사이에서
차분히 걸었고

아플 때는 다들
순하고 선한
퀭한 짐승의 눈

아픈 짐승을 약 올리는 짐승은
인간이라는 짐승뿐

"엄마, 우산 접어도 되겠다!"

굵은 빗줄기는 어느새
이슬비로 바뀌어 아물거리고

빨간불 초록불
초저녁 신호등 불빛이 아름다운

時間의 흐름은 특고압 전류처럼
아플 때
全身이 감내하는
'엄마'라는 이미지의 過負荷과부하

새빨갛게 灼熱작열하여

發光발광
閃光섬광

沸騰비등
蒸發증발,

氣化기화!

생명체로서
우주의 核을
직관할 수 있는 순간은

아프지 말자 아프면
돈 없어 서럽고
약올림당해서 늙는다

생각해 보라
의사는 아픈 사람
약올리지 않는가

어머니도 아픈 제 자식
조롱하고 경멸하는 것을
나는 무수히 보았다

빨간불 초록불
신호등은 하나의 약속이다

한참 서 있다가
길을 건넜다.

뻥튀기 장수

돈 많이 벌어서
아름다운 여비서도 하나 두고
심심하면 가끔씩 하고
그러고 싶은데
어느 하시절에 그 많은 돈을 버나
뻥튀기 장사 해서 …

"클린턴은 자지도 클꺼야
대통령이니까, 그치?"

나는
뻥튀기 장수,

詩를 쓴다네
밀짚모자 하나 쓰고
함박눈이 쏟아져도
뻥튀기 기계
돌리고 앉아 있다네

내 아내

一名 멀러리女史는
점심을 이고 나오고

전국 방방곡곡에서
구름처럼 몰려든 사람들이
아무리 줄을 서도
내 뻥튀기는 쌀 한 줌뿐
그만큼만 판다네

뻥튀기 떨어지면
만나처럼
한 알씩 주워 먹기도 한다네
舍利[사리]처럼

sack을 멘 少女는
아름다워라
그 sack에도 하나 가득
뻥튀기 넣어준다네

少女는 나팔꽃처럼 입덧을 하고

그리고
또 한 계절을 보내버린다네

내 뺑뒤기는 좋은 뺑뒤기,

秘法비법을 물을 사람
아무도 없다네.

이 酷寒혹한을 견디면

이 酷寒을 견디면

고드름처럼
추위에 오돌오돌 떠는
어린 아들의 모습이 주렁주렁

이 酷寒을 견딜
힘을 주면

고드름 하나하나
뚝뚝 분질러
와드득 와드득 씹어먹으며

그 힘으로 이 酷寒을 견디면

아무렇지도 않게 强風강풍에
1,000원짜리 한 장
아득히 날라간 하늘

버스비 꺼내려다

발을 동동 구르며 우는
어진 아내의 모습이

성에처럼 해장국집
유리창에 소주병에
부드럽게 極光[극광]처럼 서리면
스치면

나는 또 岩刻畵[암각화]처럼 손톱 끝으로 북북
긁어,

쩌렁쩌렁
水晶[수정]처럼 눈부시게,

이 酷寒을 더 견디면.

늙은 호박

잠 좀 으스러지게
혓바닥이 쏙 빠지도록
자봤으면
여한이, 없겠다, 없겠지, 있겠냐, 이 미친
지긋지긋한
불면증 환자야

낮도깨비같은
天使야…

아아아아아아아아

으앙

3시 10분
16번 버스

5~6학년쯤 되었을까
永樂院*에 봉사활동 가는 소녀들

松島**는 온통

活活*** 이다

活活活活活活活活活活活活活活活活活活活活活活活活活活…

活活活活活活活活活活活活活活活活活活活活活活活活活活…

活活活活活活活活活活活活活活活活活活活活活活活活

---

* 영락원; 인천시 연수구 동춘동 소재 유료 양로원.

** 송도; 인천시 연수구 옥련동 소재 송도유원지 일대를 말함. 음식점과 러브호텔 등이 밀집한 인천의 대표적인 유흥가의 하나가 되어버렸음.

*** 초고에 의하면 1998년 2월 4일 수요일에 쓰여진 졸시 〈늙은 호박〉의 이 부분은 공교롭게도 지난 해 그러니까 서기 2000년의 어느 날 인천에 사는 인천 출신의 후배 시인 박종명한테 빌려서 처음 보게 된 황지우의 시집 《나는 너다》(풀빛, 1987)의 《後記/없는 길》에 나오는 다음과 같은 구절 — 왈, "사람들이 말하고 기록하는 모든 형식들에 관심이 몰려있던 그 당시 나로서는 電文을 치듯, 火急하게 아무거나 詩로 퍼담으려는 탐욕에 급급했던 것 같다. 지금 보니, 냉냉하다. 活活 타오르는 시를 언제 쯤 쓸 수 있을까" 운운한 — 과 그 용례가 비슷한 꼴이 된 듯하니 참조할 것. '불길이 세게 타오르는 모양'을 나타내는 의태어인 '활활'을 그는 의도적으로 '活活'로 표기했으나 '活活'은 원래 그 音이 '괄괄'로 '물이 콸콸 흐르는 소리'를 나타내며 '活'의 '舌'(괄)은 원래 '굳은 맹세를 깨는 모양'인데 그처럼 '물이 둑을 부수고 멋대로 흐른다'의 뜻에서 轉하여 '산다'의 뜻을 나타내었으므로 여기서는 '괄괄' 또는 '활활' 그 두 가지 中 어떤 音을 取하여 읽어도 可하다.

活活…

活活活活活活活活活活活活活活活活活活活活活活
活活…

그 '活'이 온통
'舌'같아 물(水)과
혀(舌)뿐이다 '銛'*같다 돈(金)과
혀(舌)뿐이다

'活'……………………………

'活'이 질질질질질
샌다, 淋漓임리한다

모퉁이 돌아 어느 골목
누군가가
썩은 늙은 호박 수십 개를 비닐봉지에 담아
대문 앞에 내다 놓았다

저 늙은 썩은 호박 수십 개에 가발을 뒤집어 씌우고
찍찍찍찍찍찍찍찍찍찍찍찍찍찍찍찍찍찍찍찍찍찍찍찍
찍찍찍찍찍찍

---

* 섬: 포경선에서 발사하는 고래 잡는 작살.

射精사정을 하는 놈이나
도끼를 들고 미쳐 날뛰며
금방 딴 싱싱한 늙은 호박 수십 개를
뽀개고 돌아다니는 놈이나—

잠 좀 으스러지게
혓바닥이 쏙 빠지도록
자봤으면 하는 놈이나 다

혓바닥이 쏙 빠지기 전까지는
혓바닥 가지고 하는 일을
할 놈들이다, 다—

버스표 한 장을 꺼내 든
내 앞에 앉았던 여대생 한 명이
고개를 갸우뚱 나를 의도적으로
유심히 들여다보다가 내린다

저녁을 먹고 누우면 속이 부대껴서 진저리치는
소위 나의 위장 심장 등 복벽긴장으로 인한 발작
무슨 '粥죽'을 먹어야 하는데

'粥'은

내 몸에서 나온다

옛날엔
할머니는 죄다 女子할머니였는데
요즘은 男子할머니도 있고 반대로
女子할아버지도 있다 도대체
어떻게 된 건지 모르겠다

그 여대생이 나를
할아버지로 보는 것일까 할머니로
보는 것일까 차창 밖에서도 오랫동안
나를 쳐다보던 그 여대생을 나도 오랫동안
쳐다보았다 前生에

서로 69를 했던 사이였을까 永樂院
영안실 입구에 매달린 弔燈[조등]이
'粥' 같다 호박粥

송도의 밤은 식민지 시대 마카오의 밤
휘황한 네온사인 불빛,
그 弔燈 아래서 그 여대생
얼굴을 찬찬히 들여다보다가

혓바닥이 쏙
빠져버렸다 피차

꿀 먹은 벙어리가 되어
下體하체를 질질 끌다가

— 한때는 기분 좋을 때도 있었구나

겨우 그 한마디를
全身으로 하고 있는 듯했다

그 弔燈 아래서 그 여대생
얼굴을, 그 젖은 두 눈을 찬찬히
들여다보고 있었다

나의 幽靈유령은
血眼혈안이 되어 헥헥헥,

如前히 '집'으로 돌아가고 있었다.

'집'에 가다보니, 不惑불혹?

둘이 걸었네 혼자 걸으면서
10년 20년 30년
나는 혼자 걸었네 둘이 걸으면서

人體의 전기저항은 500~1,100Ω
地上은 0~100Ω

이 아름다운 비 오는 날
벼락이 떨어지면 얼마나
좋을까

나는 이제 사무라이(싸울아비)가 다
되었구나 그 말의 語源어원이 '어머니'이어도
좋다 '子宮'이어도
望夫石망부석이나, 롯의 아내처럼 뒤돌아보다가
그렇게 되었다는 소금기둥이나 다…

미다스王이 만진 貪탐스러운 유방처럼.

천둥 번개 치고

당연히….

먹구름 아래,

實物大실물대의
벌거벗은.

아름다운 학교

앗!
중앙국민학교가!
새벽마다 내가 운동하는
중앙국민학교가!
어린 아들 세발자전거 타고 노는
중앙국민학교가!

소년한국일보 주최!
계몽사 협찬!
제 4회!
아름다운 학교 뽑기대회에서!
아름다운 학교로 뽑혀
아름다운 학교상을 받았다

이런 영광이!

옛 상인천중학교 자리
그 배다리 중앙국민학교

사촌동생 영습이 영록이

고종 사촌동생 유숙이
다 다니던 곳

아직도 그 건물
붉은 벽돌 작은 강당엔
들기름 발라 걸레질하던
나무 마루
좁게 쪼갠 나무로 만든 마루

성균관 명륜당
그 아름드리 은행나무 같은
은행나무도 하나 둘
서른 그루

플라타너스 그늘 아랜
빨강 노랑 초록
신호등 모양 벤치

싸리 싸리 싸리재
만세 만만세
나도 분명
그 축현*국민학교를 다녔던 적이 있던가

---

* 日人들이 '싸리재'를 '축현(杻峴)'으로 바꿔 표기했다.

—꽃 중에도 싸리꽃 단물이 나고
　비 중에도 싸리비 일도 잘하네
　정답고 부지런한 축현 어린이
　싸리 싸리 싸리재 만세 만만세

나 다니던
축현국민학교 교가를 크게 부르며

아름다운 시소 아름다운 정글짐
아름다운
온갖 새

아름다운 아이들
아름다운 선생님들

이 중에서도 훗날
사형 당하는 아이가 있을지도 모른다

어느 운동회날
그렇게 중얼거렸던 말은
취소다, 취소!

앗!

떠오르는 잠수함처럼!

안개 속에!
안개비 속에!
다시금!
아름다운! 학교!
학교!

'학교'….

奇人 기인

갑자기!

아내가 온몸이 뻣뻣하다고 그런다.
갑자기는 아닐 것이다.
인천광역시 문화상 시상식에 갔었는데
축하공연으로 나온 시립합창단
그 흰 나시 원피스 입은 여자단원 17명과
검은 연미복에 흰 나비넥타이 맨 남자단원 15명이서
〈아! 가을인가〉를 감동적으로 불러 주었었다.

奇人? 奇人이라고?

이것은 분명 其人制度기인제도에
틀림없다 내가 어쩌다가 奇人이
되었을꼬… 나는 운다

Elephant Man처럼

사는 날까지 살자
죽는 날까지 살지 말고,

누가,

이 사람을,

모르시나용?

나는 안다.

Anti-Chiliasm?

그 동안 여러 가지로 참
징그러웠소
그럼, 아듀!

아내는 주말의 명화 〈까미유 끌로델〉을 보고 있다
참 寒心[한심]하다 인간은 까미유

끌로델이나 보고 있으니 아니
까미유 끌로델을
반복하고

있으니

없으니 더
寒心하다 사연도
something도

없으니 돈도

없으니

나는 烏飛[오비]

梨落[이락]ᄒᆞ야
징그러워진 이
가을 밤

징그럽지 않은 게 과연
뭐가 있었냐 네

肉體[육체]를 갖고 한 일 中

조각? 예술작품?
오케스트라 지휘? 악수? 揖[읍]?
꼴뚜기질? 斷指?
fellatio?

—THE END

가 제일 징그러웠다

新天地가!
眼前[안전]에!

展開— 된다!

十字架, 料理,
强姦강간 그리고 CT or MRI

空山明月공산명월

詩, 性交, 食事
etc.

滿山紅葉만산홍엽, 그 落葉이
'祝電'같다.

꿈과 별

옳다 그르다
이것 저것 따질 때가 좋을 때

세살박이
아들에게 가갸거겨를 가르치다보니
우리나라말 그 한글 닿소리 이름도 몇몇
잘못 알고 있는 게 있구나

기역 니은 디귿 리을 미음
비읍 시옷 이응 지읒 치읓 키읔
티긑 피읖 히읗

빨리빨리 그런 소리만 크게
꽥꽥대도
딴나라 사람들은
다 逃亡[도망]가겠다

아야 어여 오요 우유
으이

그렇지만
그것들이 만나 짝을 이뤄 집을 지으면

그리워 …
기다릴게 …

그런 말도 있단다

어린 벗이여, 나그네여
사는 동안 님은
이걸 배워
어디다 쓰리 …

깊은 山
쪼갠 대나무 이어 만든 홈통엔
맑고 찬 물이 졸졸
큰 돌 깎아 만든 水槽수조엔
銀구슬처럼 또 찰랑찰랑

풀벌레 울음소리 도깨비불 같은 밤
푸른 대나무 엮어 만든 平床평상 위에 올라앉아

아들아

誦如氷瓢*， 風磬[풍경]소리
개구리 울음소리
언제 함께 들어보랴.

* 송여빙표; 낭랑한 음성으로 얼음에 바가지 밀 듯 빨리빨리 책을 읽음.

瀕死[빈사]의 聖者[성자]

신사임당
李奇善(내 어머니)
한석봉의 어머니 某氏[모씨]
柳寬順[유관순]
잔 다르크
클레오파트라
楊貴妃[양귀비]
크산티페
보다도 더 악랄한

女子(?)와
한 10년 살다보니 거의
半 병신,

骨病[골병]든 사나이(♀)가
되어 버렸다

첫단추부터 잘못 끼운 와이셔츠 단추처럼
그까짓 와이셔츠 단추 투두둑
뜯어버리고

벗어던지거나 찢어발기거나 하고 말지 그걸 뭐
하나하나 다시 풀러
다시 또 채우냐

떨리는 손으로,

그렇다고
남(♀)의 블라우스 단추를 잘 풀려는 것도 아닌데,

心身의
上下·前後·內外·表裏표리·質量 등등이
다 울화통을 터지게 만드는 아내에 대해서

이혼을 할까 자살을 할까
둘 중의 하나 개불알이다
雪山, 苦行의 佛陀불타처럼
熟考숙고를 하다가,

그냥
아무 일도 없었던 것처럼
살기로 했다.

인천광역시 주안도서관 옆 페르골라

치렁치렁 탐스럽게 늘어진
紫色자색 藤등꽃을 보며

그런 不可解불가해한
어느 먼 나라에서 온
신비한
처참할 만큼 아름다운
犯接범접할 수 없는
官能관능의
女人이겠거니

우리는 피차 서로에게
死僧習杖사승습장하는 꼴이겠지,

그 밑에 앉아
그 非현실적인
그 향기 높은

毛髮모발에
陰毛음모에

모가지를 걸고,

골고다를 기어오르는
十字架 진 美少年처럼
엄마 엄마 부르며
아주 짧게 반짝
울었다.

그런데도 사는 것이 너무 억울하다
發狂欲大叫[발광욕대규], 조금은 정정당당하게
울었다,

나도 울 수 있는 인간 아니냐고
무척 슬프다는 듯이 으하하하
痛快[통쾌]하게,

울었다.

키스

부부간에 키스가 있어야 하는데, 우리 부부는 키스가 없다. 옛날엔 많은 여자들과 키스를 해서 그런지, 下體하체만 집어넣고 그저 고진감래겠거니 생각한다.

결혼한 지 어언 8년차, 나는 단 한 번도 아내와 키스를 해본 적이 없다.

무슨 놈의 주둥아리가 그저 먹고 중얼중얼 기도나 하는 주둥아린지 도대체가 '歠毋流聲'*이다.

"아, 키스나 성교합니다으~"

트림하듯, 옛날 채권 장수마냥, 그렇게 가방 하나 들고 걸어다닐까

굴뚝청소하는 사람처럼, 아, 뚫어~

'징' 하나 들고

이 골목 저 골목

역시 옛날

---

* 철무류성; 물을 빨아 마실 때에 목구멍을 지나가는 소리를 내지 아니함 — 박지원, 〈양반전〉

아이스께끼 장수처럼
꽝꽝 얼어붙은 겨울밤

메밀묵 장수처럼
찹쌀떡 장수처럼

"아저씨, 성교 한 번 해주세요"
드르륵 드르륵
창문을 열고 여자들은 말하리라

"2人分요…"
돈을 건네며 발을 동동 구르리라
그런데…

그런데 그까짓 키스 안 하고 살면 안 되냐
내가 언제부터 키스를 하고 살았다고 무슨
키스 키스, 이 늦은 밤, 아니 새벽
주접을 떨고 있느냐

그렇다면
cunninlingus?

釋某석모 스님은 守口庵수구암이라는 암자에 기거하고 있

었는데
가서 보니까 어쩌면 내 房도 守口庵

입을 벌리면
獅子吼사자후같은 天地間의
형형색색 萬籟만뢰가
短調단조의 和音화음을 이룬다.

버스를 기다리는데
무슨 화장품 가방 같은 네모난 가방을 든
독일군 여장교 같은 복장의
글래머가
음험한 표정으로 나를 쳐다본다

입을 벌리고 싶어서일까

하긴…

똥개들이 길거리에서
흘레나 붙을 일이지
서로 키스를 하고 자빠졌다면
그건 또 얼마나 징그러운 일인가

雜種 개 한 쌍이
거꾸로 붙어
이리 갔다가 저리 갔다가
결국 길을 건너간다

아주
'莊嚴[장엄]'해 보였다.

깡통 하나 못 따는 여인

아내는
깡통 하나 못 따는 여인
통조림된 깡통을 딸 때면 꼭
깡통따개와 깡통을 들고
깡통한테 온다
요즘은 웬 깡통이 그렇게 많은지
가난한 시인에게도 가끔은
선물로 들어와
깡통 속에 든 온갖 산해진미를
맛볼 수 있으니 은혜로다
이 깡통들은 어디서 떨어졌나
군용 수송기가 떨어뜨려 주는 C-ration처럼
그저 줏어들고 원숭이처럼
흥부처럼 깡통을 딴다
그렇다고 깡통 속에
유년시절이 알몸의 미녀가
들어 있는 것도 아닌데
나는 왜 깡통을 갖다주면 한사코
딸려고만 하는지
내 아내는

깡통 하나 못 따는 여인
나 없으면
깡통이 우박처럼 쏟아져도
어린 아들과 함께
굶어죽을 여인
광야를 헤매다가도 만나처럼
깡통 하나 들어오면 깡통을 들고
깡통따개를 들고
아내와 어린 아들은 신나서 뛰어온다
깡통한테.

그래
그렇게 정리를 하자
독을 묻고
차곡차곡 김장김치를 담듯
추억도 악몽도 그렇게
깡통 속에다 넣어 굴업도에
묻는다는 핵폐기물처럼
타임 캡슐처럼
수백 수천 년 세월이 지나
누가 따 보면
도깨비 상자처럼
나는 예수다 하고 뛰쳐나올

도깨비 하나 없는데
홍동지처럼

착해라
깡통도 하나 못 따는 내 아내여
모든 비밀은
그 비밀의 황금열쇠를 갖다주어도
열지 못한다
천국이여
거룩한 城 예루살렘이여
유일한 문명이여

경건해라 심오해라

깡통 속에 든 깡통따개여!

나도 그렇고 그렇다

다 지나간 일이다.
그래서 나는 늘 기분이 좋다.

모기를 열 마리도 더 잡았다
손바닥으로

짝!

모기는 터져
죽는다

나는 기분이 좋았다

가을은 깊어
빌빌대는 모기를 나는

그렇게 죽였다

나는 그렇게
合掌[합장]을 하고 拍手[박수]를 치며

成佛성불했다
破戒파계했다

따귀는 결국
孤掌難鳴고장난명,

짝!
소리는

낮에는 한 아름다운 主婦주부가
말린 大蝦대하를 갖고 와서 뜯어먹었는데
맛이 좋았다

모기는 날다가
大蝦는 헤엄치다가

짝!

開闢개벽을 해버렸던 것이다

손바닥엔
寶血보혈과 그리고
비린내가

나는 그 깊은, 푸른 九萬里長天 황금물결 茫茫大海를
뒤짚었다 엎었다,

다 제자리에 놓아주었다,

짝!

모기는 全身으로 文身하고
大蝦는
그물에 걸려 버둥대다가
먼저 삶아진 뒤 말려져
껍데기 벗기고
찢겼는데,

그 절차가 참
간단했다

젓가락질 못하는 여대생처럼
세상엔 죽는 것 하나
제대로 못 죽는
그런 怪異괴이한 인간들도
많은데

짝!

閃光섬광이,

나를,

棒喝*한다

짝!

나는 참
기분이 좋았다.

짝!

---

* 방할: 징글징글 지긋지긋하게 앞뒤가 꽉 막힌 새끼를 깨우쳐주기 위해 몽둥이로 대갈통을 후려치거나 이런 씨팔놈을 그냥, 어쩌구 하며 동네가 다 떠내려가게 쩌렁쩌렁 울리는 큰 소리로 욕하며 으르렁대며 꾸짖는 佛家의 한 교태.

解[해]

어떻게든 풀어야 한다 解
解는 이제 人格, 法人
超人[초인], 하나의 이름 解
解줘, 더 解줘…
더 더 解줘…
아, 아아아아아아아아아아악!
더 더 解줘 좋아 음…
그러다가 脫肛[탈항]같은
解脫[해탈]을 하든 염불 빠진 년이 되든

이 세상의 모든 이름을 姓[성]을 '解'라고 부르면 또 어떠냐

獬豸[해치]라고 하든 海苔[해태]라고 하든 그러나
'解'라는 어떤 Hermes 같은 存在가 나의 배후엔
그림자처럼 따라다니며 解야지…
그러는 것 같다

내가 사는 임대아파트
연체된 임대료 약 60만원 어떻게든 解야지…?

解法도 解決士도 있고
그저 '解'라는 관념이

Buddha라는 이름의 Christ라는 이름의
이 무슨 웃기는 anagram, 아니 pun이란 말이냐

'解'의 지령에 배후조정에 의해 나는 또
발광하다가 술을 마시고 또
제 정신으로 돌아오기도 한다 그렇지 않다면
나는…

버스를 타고 송도유원지 고개를 넘어 진입하다 보면
'海老(lobster) 料理 1마리 25,000원'
이라고 쓰인 대형 간판이 蒼天창천에 있다 Socrates의
'蘇翁소옹'처럼 아아 解翁해옹이시여 解老시여

친구여, 어머니시여, 가끔씩 탐스러운 엉덩이를
들이밀던 애인이시여
그 모든 解孃해양, 解先生해선생들이시여
어디에 계십니까

큰 소리로 불러보면 소주병 속에서
解解解解 웃으며 손짓하고 있고

오늘은 어린 아들 가을 운동회
아내가 싸준 김밥 속에는 解氏들이 우글우글
解르르르르릉 解르르르르릉
울리는 전화기 속에서는 解氏들이 왁자지껄

아아, 나는 이제 그 모든, 소위 '동양학'에서 거론하는
單字의 개념들, 가령 '理'니 '氣'니, '性'이니, '情'이니
따위를 '解'라고 부르자 그 모든
희로애락애오욕을 다 '解'라고 부르자

解의 군단, 解의 해일, 토네이도를 몰고 다니는 사나이여

丹楓단풍이 들었다 그것도
丹楓이 自然에게 또는 自然이 丹楓에게
무얼 解했다고 표현하자

돈도 解産도
詩도

凝視응시란 사실 '解'
다 풀어진 눈깔로 보는 것 아닌가

그렇다면 이 가을도
내가 볼 수 있는 것이
하나도 없다,

저
解벌어진

x지 같은.

解解 ···.

밤길, 新年辭신년사

無事하기를 無事하기를
思無邪사무사ㄴ지 뭔지 하는 말씀은 아무래도 좋지만
그저 無事하기를

無事하기를 그런 연후에
思無邪도 하기를
殺母蛇살모사도 쑤셔넣기를

쑤셔넣기를 無事하기를

어머니와
아내와 어린 아들이
그저 無事하기를 無事하기를
교복 입은 예쁜 소녀도
無事하기를 대통령도
개뼉다귀같은 저 개도.

그저 無事하기를

교복 입은 예쁜 소녀야

너 無事해야 세상은 平和
너 강간당해 살해되지 말아야
세상은 平和
너 끌려가 윤간당하지 말아야
세상은 平和
너 팔려가 윤간당하지 말아야
세상은 平和
너 예쁘다고 CF모델되지 말아야
세상은 平和
탤런트되지 말아야 영화배우되지 말아야
세상은 平和

너 예쁘다고
너 예쁘다고 하지 말아야
세상은 平和

교복 입은 예쁜 소녀야
너 엄마 없고 아빠 없어
불쌍하다고 도와주지 않아야
세상은 平和
너 어린 동생들과
사글세방에 산다고
溫情온정이 성금이 답지하지 말아야

세상은 平和

다행이구나
교복 입은 예쁜 소녀야
그 개뼉다귀같은 개
그 개의 개뼉다귀같은

이 堂堂한 시인의 눈에
포착되었다니 다행이구나

無事하기를 無事하기를

휴대폰 들고 깍깍대는
저 원숭이들

無事하기를 無事하기를

盜聽도청에 몰래카메라에
그 빨간 똥구멍
X지 자지

無事하기를 無事하기를

흰 가운에 검은 망토
뒤집어쓰고 끼약끼약

無事하기를 無事하기를

그저그저 無事하기를.

등, 考察고찰

등을 고찰한다 등엔
조그만 腫氣종기가 나더니
2년 동안 어언
바둑알만큼 커졌다 커진 후론
더 이상 자라지 않고 1년 동안 그대로다
가려워서 어느 날 손으로 비틀어 보았더니 찍
하고 비지 같은 회백색 粥죽이 터져 나온다
다시 수개월이 지난 후 연시처럼 말랑말랑해진
그 작고 납작한 혹을 아내더러 짜보랬더니 엄마야!
찍 하고 얼굴에 머리에 범벅이다 등으로
싸놓은 精液정액같다 그 자리에 고약을 붙이고
나는 또 그대로 놔둔다
외과의사인 친구 S, 친구 L, 그리고
역시 외과의사인 종합병원 원장 L박사가
서로 그까짓 것 내가 해주지 했지만 나는
그 모습 그대로 그냥 또 놔둔다 왜냐하면
그것은 내 것이기 때문이다 내 몸에서 만들어진
나의 것이기 때문이다 나는 분명히
그 누구에게도 등을 돌리고 싶지 않고 등을 보이고
싶지 않기 때문이다 내 등 뒤엔

아무것도 없다 내 작고 넓적한 혹 달린
깡마른 등 뒤엔
서로 등을 맞대고 선 총잡이가 없다 약속하고
서너 걸음을 걸은 후 총을 뽑는
결투하는 자가 없다 내 손이 닿는다면
나는 내 등에 난 혹을 내 손으로
도려냈을 것이다 칼을 불에 달궈 소독하고
나무토막을 입에 문 채 나는
내 혹을 그렇게 간단히 도려냈을 것이다
거기다가 오징어뼈 가루를 바르고
내 손으로 아아 내 손으로
처리할 수 없는 나의 등이여 모가지와
어깨와 팔목 관절을 비틀어 내 손으로
내 눈으로 등이 아파온다 림프관을
타고 고름이 全身으로 퍼진다 해도
패혈증으로 죽는다 해도 나는 내
손으로 아내는 겁이 많고 악수하는
친구들은 내 面前에 있다

이 얼어붙은 겨울밤 달빛을
뒤로 하고 걷는 내 등이
화끈거린다 아니면
그 어느 이끼 낀 바위에

등을 대고 문질러버리리라
등에는 나의 임시
정부가 있다 등에는
敵적들의 소굴이 있다
本部가 있다
쇠파리여 등에여 내 등을
빨아 먹어라 변태성욕자
여인이여 내 등의 혹을
잘근잘근 물어뜯어 씹어 먹어
보아라 비지 같은
粥죽에 썩은 피에 그 맑은 피에
음부를 대고 음핵을 대고
문질러 보아라 짓이겨 보아라
무수한 자들이 달려와
내 등에 무수한 文身을 하였으나
그러나 내 등은 칼날을
여지없이 부러뜨렸을 뿐
내 등은 나의 방패
腫氣는 나의 榮光영광

난생 처음 식음을 전폐하고
새끼 잃은 원숭이처럼 고민할 일이 있어 고민을 했더니

생긴 腫氣, 내 육체의 지진이여
火山이여 마그마여 그 噴火口[분화구]여
火口湖[화구호]여 休火山이여 斷腸[단장]을
꿰매어가는 은총의 聖痕[성흔]이여
傷處[상처]여 그 香氣[향기]여 惡臭[악취]여
나는 이렇게 살았노라
그 烙印[낙인]이여 告白이여
위대한 割禮[할례]여

징표여 勳章[훈장]이여
아아, 그 모든 살아 있음의 因果[인과]를 초월한
우주적 事件이여
奇蹟[기적]이여

특수한 자의
특수한 사랑이여

아득히 반짝이는
가장 가까운
별이여!

불꽃놀이 榴散彈[유산탄]처럼 쏟아지는

나의

눈물이여!

强風강풍에 비…

大丈夫ㅣ
이렇게 살아도 되나…

나는 여자를 좋아하는데
섹스를 좋아하는 건 아니다
섹스는 조금
좋아한다

그리고
아무 여자나 나하고 섹스할 수 있는 것은
아니다

나하고 섹스할 수 있는 여자는
없다
그것은 내가
마치 〈몽실언니〉의 작가
동화작가 권정생 先生처럼
망가졌기 때문이다

망가졌긴 망가졌는데

다 망가진 건 아니고
그 〈몽실언니〉의 작가
동화작가 권정생 先生처럼
그렇게 아름다운 마음을 가질 수 있을 만큼
망가졌기 때문이다

나는 요즘
여자들한테 둘러싸여 있다
인천의
주안도서관 문예반
부평문화원 시창작반
다 主婦주부들이다

나는 그들과
'김영승과 혼수상태'라는
록 그룹을 결성해
끼약끼약 공연하고 있다고
생각 중이다

이 11월
詩畵展시화전을 준비하고 있고
作品集작품집도 준비중이다
두 군데 한 달 收入은

약 45만원

그것으로 糊口호구하고 있지만
그것 때문에 강의를 나간다면
그건 좀 슬프다

情도 들었고
또 그들 一身上에 있어
걱정도 한다

強風에 비 내리던
어제는 그 中의 一人이 한 턱을 낸다고 해서 다 함께
'영월보쌈'에 갔다 故鄕고향 '進永진영'에서 딴 것이라고
감(柿)도 한 봉지 싸 주었다
돼지고기 보쌈에
고기 버섯 오징어 등 잔뜩 들어간 해물파전에
역시 고기 버섯 등 잔뜩 들어간 빈대떡에
함지박만 한 그릇에 담아 떠서 먹는
통조개 새우 등 잔뜩 들어간 해물칼국수에
이 仁川 그 海邊해변의 墓地묘지에 사는 내가
완전 海物해물이 되는 줄 알았다 들기름과
고추장을 넣고 썩썩 비벼먹는 보리밥에 호박죽에 새우젓에

막장에 찍어 먹는 고추 마늘 등등
정말 눈이 휘둥그레질 만큼
이루 말할 수 없는 음식을
앞에 놓고
나는 그저 소주만 몇 盞잔 마셨다
如前히
强風에 비 내리는 이 새벽
배가 고파 밥을 차려 먹는다

나는
우리 밭에서 솎은 배추로 끓인
배춧국이 좋다

그냥 좋은 게 아니라
너무너무 좋다

이건 또 어디서 났을까
씀바귀나물 미역무침
다 집어넣고
참기름과 고추장에 썩썩 비벼
잔뜩 먹었다

귀양가서도

심심하면 亦君恩역군은이샷다 어쩌구 한
그 조선조 옛 時調시조의 주인공들처럼 무슨
쓴 ᄂᆞ물 데온 믈이 고기도곤 마시 이셰* 니미
푸새엣것인들 운운
예찬하는 것은 결코 아니다

그렇게 먹다 보니
먹고 싶었다

어제 낮에
둘러싸여 구경하던
그 '영월보쌈' 음식들

나에게 있어서
좋은 음식은
그저 하나의 이미지고
'관념'이다

ponytail, pigtail의
少女같은
그 主婦들

---

* 정철(鄭澈).

나는
性交성교를 하는 건지 說教설교를 하는 건지
困곤히 잠든 아내와,

貫通관통해서 뽑아놓은
어린 아들이,

오늘은 내가
'얼마'를 갖고 왔을까
궁금해 하는 표정으로 對話대화하듯 平和롭게
누워 있다

아침에 받은
《학산문학》 편집비 20만 원이 든
봉투를

그 머리맡에 놓고
房門을
살며시 닫고
나왔다

들기름, 참기름
그리고

들깨, 참깨….

파바바바바바바바박…

괜히,

저,

'強風에 비…'만이
파바바바바박 洞洞燭燭동동촉촉, 반짝반짝
金剛石같은, 가도가도 金剛石뿐인, 金剛石의 平原,
그 金剛石 江가의 金剛石 자갈밭을 強打하는 천둥
번개, 霹靂벽력같은
漆黑칠흑 속으로 뛰쳐나가

노래를 부르고 싶었다

그렇게 漆黑의
浮彫부조가 되고 싶었다
化石이
되고 싶었다 내가
될 수 있는 건
하나도

없다.

'漆黑'은
나의 揷入[삽입]을
거부하고 있었다
완강히,

나의
强姦[강간]을

들깨, 참깨
그 修女[수녀]같은, 아니 修女院같은

꽃을
香[향]을,

내 '자지'는.

뇌여, 뇌여

'胃空腦淸위공뇌청'이라고 할까 '胃空腦聰위공뇌총'이라고 할까
내가 무슨 賈島가도라고
중얼거리고 가다가, 빡!
1996년 8월 11일(일) 오전 0시 30분—2시
深夜심야 산책 中
'乳房유방'과 된통 부딪쳤다
웬 젖꼭지가 그렇게 딱딱한지 꼭 포탄 같다 너무너무 아팠다

여하튼 위장이 텅 비면 머리가 맑고 또 총명하다
나는 그렇게 써서 붙여놓았다. 아—

'胃腦相互作用症候群위뇌상호작용증후군'
이건 내가 명명한 자가진단이다

제목을 '위여, 위여'라고 바꿔도 마찬가지다
지난 1994년 11월 3일(목) 제목만 적어놓고
더 이상 쓰지 못했던 詩다
'뇌여, 뇌여', '위여, 위여', '폐여, 폐여'…

연작시를 쓰려고도 했었다.

남들은 스무 살 전후에 다 난다던데
나는 왜 내일 모레 40인데 사랑니가 나서 속을 썩이냐
X-ray를 찍어 보니, 흰 가운을 걸친 친구(동창) 曰
"사랑니가 옆으로 누워 있으니, 세 부분으로 파괴를 해서 뽑아야 하느니라…"

'복근 운동'
'허리 굽히기'
내 房은 꼭 무슨 사이비종교의 祠堂사당같다

나 같은 坐食階級좌식계급은, 다 그런 건 아니지만, 허리가 弱약하다
그렇지 않아도 개미허리에 권총

총알도 없는 그 빈총을 들고
나는 또 여러 명 女子를 털었었다.

먹지 말자, 먹지 말자

아무 것도 안 먹으면
'맑으면 보이리…'

그것도 언젠가 써서 붙여놓은 '표어'다.

도대체 신경이 진정되질 않는다
이 '긴긴 소화불량의 계절'
그것도 역시 그거다.

—야 이 좆만한 새꺄, 눈깔 좀 똑바로 뜨고…
다니세요, 할아버지…

처녀는 그렇게 말하며
'乳房'을 몇 번 주물럭거렸다 "해골바가지
괜찮으세요?" 또 물었었다 "대가리째 들어가겠네"
중얼거리며 그냥 벌거벗고 간다 샌들을
양손에 든 채

오늘은 末伏말복
그 'canicular days'엔
개띠인 내가 개를 먹어야 하나

나는 오래 사는 게 꿈이다.

저, 헐떡이는 암캐를
먹자!

자지와 우표

1.

자지에 우표를 붙이고 자면
안다나

아침에 일어나서 그 우표
그대로 붙어 있는 놈은
문제가 있는 놈이라고

우표 한 장 붙여 그대로
어느 먼 나라로 보내버리고 싶은

내 사타구니 사이의
小包소포여
私製사제 폭탄이여.

그렇다면 수신인은?

수신인 수취거부로
도장 찍혀 돌아오면

이게 뭘까
까맣게 잊고 있다가, 꽝!

나는 또
저 세상에 가겠지…

서러워라
내 자지는,

자지는 왜 달려 있어
남의 애를 끊나니,

어디선가 一聲胡笳[일성호가]는

照顧脚下[조고각하], 燈下不明[등하불명]
아아,

負兒覓三年[부아멱삼년]이었구나
刖趾適屨[월지적구], 割肉充腹[할육충복],

刻舟求劍[각주구검]이었구나…

내 다시는

내 자지를 건드리지
않으리 내

몸의 핏줄이
비바람에 젖어도
검은 내 상처를
건드리지 말아다오

아내와,

아들과,

번갈아보며 굽실굽실
미안합니다, 미안합니다

내 시무룩한
자지는.

2.

천천히 읽어본다
이밤,

이연의 Man's 클리닉

아침에 고개숙인 '남성'
우표로 건강체크 가능

휴대전화 삐삐 등 첨단통신장비들이 등장하면서 우표의 기능이 많이 퇴색했다. 그럼에도 우표가 남성의학 전문의에게 엄청난 의미를 갖는다면? 대부분의 남성이 '새벽 텐트 = 정력'이라는 등식을 믿을 정도로 수면중 발기는 남성의 관심사. 수면중 발기는 태아 때부터 시작된다. 보통 하룻밤 사이 3~5회, 1회에 20~30분씩 발기된다.

남성 성기도 다른 인체부위처럼 혈관이 분포돼 있고 혈액을 통해 산소와 영양분을 공급받는다. 발기 시에는 혈관이 부풀어 충분한 혈액이 공급되지만 위축되면 혈액순환이 활발하지 못하다. 만일 잠자는 동안 발기가 없다면 음경은 허혈상태에 빠져 괴사하고 말 것이다. 수면중 발기는 음경에 혈액을 공급하기 위한 신의 섭리인 셈.

수면중 발기검사는 발기부전의 원인이 혈관 때문인지 여부를 가려준다. 리지스캔이라는 측정기를 음경 뿌리에 건 후 밤사이 기록된 수치와 정보를 읽는 것이다.

이 원리를 응용해 집에서 검사해 보는 것이 '우표법'. 자기 전 음경에 우표를 붙여놓고 그 우표가 아침까지 그대로 붙어 있다면 당신의 '남성'은 문제가 있는 것이다. 통신인구 수천만 시대에 우표를 사는 남성을 눈여겨 볼 필요가 있다. 02-539-7575 (굿모닝남성비뇨기과 원장)

—《東亞日報》(1999년 4월 2일 토요일)

예쁜 자지엔 보통우표
王자지엔 대통령취임식 기념우표

괴테 탄생 250주년 기념우표는
보x에, 아니 보x는
서지 않아도 된다 안 선다 좌우지간

하나씩 붙이고 다들
눈만 말똥말똥

—별 하나
　나 하나

　별 둘
　나 둘

　저 별은 나의 별
　저 별은 너의 별…

　나의 고향은
　그 어느 별…

滿開만개한 性器성기

미국이나 한국이나 병신같은 것들, 연예인이 뭐라고, 그것들 일거수일투족을 추적하고 취재하고, 처먹는 게 뭐냐, 자지 길이가 어떻게 되냐, 토크쇼를 하고, 장차 국가와 민족의 동량이 될 그 양아치같은 애새끼들, 열광하고 기절하고

그러다가 보니, 그것도 무슨 영향력이라고, 국회의원에 출마하고 주접떨고, 또 그러다가 보니, TV에 자주 나오는, 뉴스 앵커, 방송기자, 변호사, 시인, 소설가, 교수 등등 나부랭이들도 줄줄이 국회의원에 출마하고, 또 그러다가 보니 학원으로 병원으로 축재한 칠뜨기들도 국회의원에 줄줄이 출마하고, 감옥에 갔다 온 운동권들, 줄줄이 국회의원에 출마하고, 인생의 목표가 연예인이라는 듯, 그 코찔찔이들 싸인 받을려고 밤을 새우고, 이 나라

최고의 연예인은 대통령,

이하 아득히 서열이 매겨지고 일련번호가 붙고, 미스 코리아, 슈퍼 모델, 출신 젓비린내들, 조금 있다가 보면 연예인이 되어 또 기성, 교성을 질러대고, 경망하고

천박한 주둥이질이나 해대고, 물건 파는 장사치들 위해 CF 모델이 되고 또 돈 받고,

웃기지들 좀 말아라, 끼가 있냐 없냐, 소질이 적성이 이러냐 저러냐, 제발 웃기지 좀 말아라, 그 아이들이 결혼을 하건 이혼을 하건, 밀회를 하건 염문을 뿌리건, 제발 좀 그 버릇없는 아이들, 오냐오냐 하니까 할아버지 수염까지 잡아당기는 그 옹알이하는 아이들, 그 아이들이 밀가루 푸대를 쓰고 다니든, 자지털을 파마하든, 그 응석, 그 투정, 자존심도 없냐, 우르르 카메라 메고 달려가

야구선수도, 야구해설가도, 축구해설가도…

연예인은 아무나 되는 것이 아니다
그러나…

그러나
장래희망이 연예인이라는
유치 초중고등학생들한테는
기대할 게 없다

시인을, 대통령을, 의사를

꿈꾸다가 연예인이 된 연예인이
진짜 연예인이다

金九를 안중근을 모차르트를
간호사를
그 싸가지없는 것들이
연예인이 안 되면

연예인 안 된 그 불특정다수가
언제 어디서 무엇이 되어 다시 만나랴
다시 만나면
그 눈깔로 인간을
세계를 어떻게 보랴 제
남편을 마누라를

친구를 이웃을
선후배를 동료를

몇 년 전 고교동창 송년회
방송국 기자가 된 새끼가
오래간만에 나타나 하도 거만을 떨어
임마, 정신 차려
손바닥으로 뒷통수를 후려갈긴 일이 있었는데

연예인이라는 幻影환영
그 淫風음풍이

이 시대 천지간에 미만한
강력한 죽음의 세력
그 惡靈악령이라면

어떤 메시아가
그 난무하는 악령을
몰아낼 수 있을 것인가

그도 곧
연예인이 되어버릴 텐데.

그 뻔한 성교육 강사건 노래교실 강사건
뜬다 싶으면 TV는 온통
돼지우리

그 모골이 송연한 재롱을 부리며
그들은 또 斤근에
천만 원, 2천만 원, 3천만 원… 하는
精肉정육으로

젖 게우는 갓난아이처럼 오물오물
입가에 精液정액을 묻힌다.

클린턴이 르윈스키라는 계집아이와 씹을 하건 말건
아, 지구촌은 연예인 천국

조세형도 조양은도 그 name value로
변태한 곤충처럼
또다른 조세형 조양은이 된다

한때는 그 무모하고 경솔한
맥아더도 미국의 영웅이었단다

聲病성병?
人氣인기?

그따위 것들에 대해서 왜 쫑알거리고, 왜 투표를 하냐

제정신으로 사는 것들은 하나도 없고
온통 정신적인 미숙아와 성격불구자
그 반사회적인 인격들이
공자 왈 맹자 왈
하고 있으니

한밤중에 기도중에
그 고뇌의 깊은 생각 끝에
도저히 달리는 먹고 살 방도가 없다
판단될 때
그때 '연예인'이 되거라

가랭이를 벌리고 아예 제 손으로 보x를 쫙 까발리고
헥헥대는 porn star가 되기를 바라는 년들도 많지만

제 '얼굴'이 노출된다는 것이
恥部치부를 보이는 것만큼
부끄러움으로 알기를

차도르처럼 베일처럼
쓰개치마처럼

스타킹 뒤집어쓴 강도처럼
얼굴 알려지는 것이 '공포'임을

제 얼굴 가릴
가시적인 가변적인
가면 하나 복면 하나

아름다운
찬란한
질긴

'蒙頭몽두'하나

마련해 두렴
아이야 우리 식탁엔
銀은쟁반엔

얼굴이여
가장 確實확실한 性器여

가장 예민하게 반응하는
가장 변화무쌍한
가장 변별성 높은
일촉즉발의
가장 큰,

滿開한 性器여,

性器의 萬歲三唱만세삼창이여!

악어여
안면角[각] zero의 악어여

TV여,

악어떼 우글거리는
어린이 수영장이여
그 나체 수영장이여

快樂[쾌락]의, 快樂原則[쾌락원칙]의 生地獄[생지옥]이여…

쓸데없이 '영탄'을 많이 하고 나니 느닷없이
부아가…

치밀고, 배가 고팠다.

잘 키운 연예인 하나
열 判·검사, 도스토예프스키
부럽지 않다,

"난 잘 몰라요, 내숭떠는 가자미…"
어쩌구 하며 요즘엔 그 칠뜨기들 말 한마디 한마디
地文처럼 즉각 字幕[자막]으로 뜬다, 다들

귀머거리로 아는지

이,

씨팔놈들을…

참았다.

'聖者성자'의 '聖'字는
귀가 밝다는 뜻이다.

그런데
國民을 죄다
귀가 처먹은 것들로
취급을 하다니…

캡션 방송도 아니고
진짜 청각장애인들이
더 분개할 일이다.

한 번 더 씨팔놈들…
긴 파람 큰 소리로 한 번 더 욕을 하고 난 뒤
萬里邊城만리변성에 一長劍일장검 짚고 서서

라면발을 빨면서도 銳意예의 주시, 딴 데 보는 척하면서 자세히 관찰해보니 —

TV엔,

通政大夫통정대부 연예인 1과 嘉善大夫가선대부 연예인 1이
大匡輔國崇祿大夫대광보국숭록대부 연예인 1에게
선생님, 선생님 호칭하며
별 거지깡깽이 같은 身邊雜事신변잡사를 놓고 하하 호호
지난 일들 얘기하며 웃네
歡談환담하고 있었다.

액자, 또는
액자 걸었던 자리…

액자 걸었던 자리, 브래지어와 팬티, 그 선탠 자국 선
명한, 금발의 글래머 그 누드 사진처럼, 이사온 지 5년,
그 부분만 하얗구나, 눈부시구나, 別天地

新天地 같구나
處女地 같구나

아니면 그 어떤 陰謀음모의 아지트?

액자엔 십자가에 매달린 예수의 立體입체 그림

떼어서, 내 '뒤'의 壁벽에 걸었다

나는 액자를 등지고 앉아 '글'을 쓴다 액자는 이제
거의 볼 수 없게 되리라 액자는

십자가 밑에서 울고 있는 여인들을
그 平面의 '틀' 안에서 영원히

그 선탠 자국 선명한
금발의 글래머 그 누드 사진처럼

담뱃진에 완전 코팅이 된 내 房
그 四圍[사위]의 壁과
천장과 바닥은

분명 非現實[비현실]의 玄室[현실],
취조실의
고문실의

鐵製[철제] 프로크루스테스의 침대 같은

접대용(?) 큰 밥床[상]을
書案[서안]으로 놓고

비가 오나 눈이 오나
長坐不臥[장좌불와]

벌써 …

(그대로, 물을 붓고, 순간 急[급], 冷却[냉각]시킨 듯

누가

내 房

그 角[각]진, 날 선, 翡翠[비취]빛 얼음덩어리를 통째로 떼어, 썰어

건다)

虛空[허공]에.

겨울, 半透明반투명…

병원은 참 깨끗하다
반짝반짝, 유리알 같은 종합병원 복도는
얼굴이 비친다 예쁜
간호사들은 그 위를 바삐바삐
움직인다.
결빙한 운하처럼

신생아 중환자실 그 천형의 미숙아들이
일제히 일어나 청소를 한 것일까

그렇지 않고서는
이렇게 깨끗할 수가 없다

남녀혼욕 증기탕 같은
지하 영안실엔
섹스가 한창이고 熱열을

난생 처음
반듯하게 누워있는

반납한 시체는 자신의 모든 추억을
분배한 채 조금씩 추억을
공유한 자들의 추억마저도 완전히 폐기한다

그렇게 감상적이었다니
창피하지 않았을까
도대체 자존심이 없다

벌떡 일어나
집으로 돌아간다.

두 올빼미

실제로, 진짜 올빼미 父子가 있다면, 없겠지만, 이 밤 함께 비 맞고 앉아 있을 것이다.

"저리 가…"

"저리 가요…"

붙어 있다가,

빗줄기는 더욱 더 거세어지고, 빨라지고, golden
아니, crystal
SHOWER고

뚝,

떨어졌다가,

꼬박꼬박
졸다가.

우리 父子
언제 텐트 한 번 쳐보나

감자조림에 소주를 마시고 있는
이 여름방학

꽈르르르릉
천둥 번개 치는
이 暴雨[폭우]의 밤,

내 房에 와
만화영화 대사를 중얼거리며
뛰고 演技[연기]하며 노는

아들을 바라보니.

新婦 신부

다 망가졌지만
나는 그래도
그래도 當代[당대]의 선비 …

나는 순수했었다
詩人으로서도 순수했고
罪人으로서도 순수했다
그리고 당당했었다

당당했었다?
널널한 추리닝을 입고 왔다갔다 하는
예쁜 여고생을 보면
뒤에서 확 바지를 까내리고 도망가고 싶다
도망가면서
약오르지,

놀려주고 싶다

나는 왜 그러지 못하는가
나는 왜 그러지 못하는가

나는 왜 그러지 못하는가

세상이 온통 깡패 같은 새끼들뿐이기 때문이다
세상이 온통 깡패 같은 새끼들뿐이기 때문이다
세상이 온통 깡패 같은 새끼들뿐이기 때문이다

나는 곧 파렴치한 인간으로 몰릴 것이고
그 부모들한테 좆나게 맞을 것이고
사회에서 매장될 것이다

한 소녀가
내 앞에서 그렇게 지나간다
이 아름다운 가을

큰 기대 없었으므로
배신감도 실망감도 없다

그저 내 앞을
그렇게 널널히
걸어가고 있는 것이
좀 서글플 뿐이지만…

오늘은 일요일

박문여고 옆 도화동 성당에서 주운
藤[등]나무 씨,

藤나무 꼬투리가
벨벳같이 부드러웠다.

威嚇위하의 詩人

김영승은 죽었는데
왜 죽었나 하면
돈이 없어서 죽었다.

돈이 없으면
돈을 벌어야 하는데
왜 벌지 않느냐 하면
김영승은 돈을 안 버는
'性質성질'을 갖고 태어났기 때문이다.

필요도 없었지만
예수도 돈을 안 버는 性質을 갖고 태어난
'넴뱅구'*였지 않은가.

돈 몇 푼 때문에 정말
소 갈 데 말 갈 데
온갖 어중이 떠중이
아랫것들을 다 만나고

* 무슨 뜻인지 확실치 않다. "이런 넴뱅구…" 어린 시절, '삐리'나 '꼬다'처럼 같잖은 아이를 그렇게 부르며 쥐어박았었다.

돌아다녔다 걔들은
돈 몇 푼 때문에 내가
利用해먹은 나의
원숭이들이다 걔들은

나보다 더 높고
깊고 또
돈도 많다.

10월인데
찬바람이 불어오니
덜컥 겁이 난다.

저녁 어스름
배추를 솎아 한 아름
안고 돌아오는 길이

이상하게 환하다.

나는
얼떨결에
나를 따라오는
나의 그림자에게

꾸벅,

'謝過[사과]'를 했다.

孤高[고고]팥죽

내 마음은 팥죽처럼 들끓어
겉으로 보기엔 孤高(?) 한 것 같지만
그놈의 팥죽, '孤高팥죽'이다 내 몸은

식은 팥죽

나 참 돈도 없다 없다 이렇게까지
없는 새끼는 생전하고도 처음이다 돈이 없으면

끓던 팥죽도 식어
정정당당?

정정당당은 없었다 단 한 번도 정정당당은 없었지만
나는 또
정정당당하게 식어간다

엷은 膜[막]을

무슨 角膜炎[각막염] 걸린 놈
눈깔처럼 全身에

龜頭귀두에 뒤집어쓰고
射精사정한 듯

시무룩히 굳어간다 프로토프테루스*처럼
그렇게 安存안존히
살아간다

透視투시하다보면 이 가을
청량산 기슭 고추밭에 앉은
밀잠자리 그 고운 날개도 어쩌다가

그렇게 굳은
神의 追憶추억,

내 孤高팥죽에 添綠波첨록파,

가을비가 내린다, 萬物만물이
소생한다.

* protopterus. 아프리카 사막의 'wadi'라는 마른 江에 사는 폐어류.

哨所[초소]에서

병신들
자기네들이 누가 시인이라고 하니까
정말 시인인 줄 알고
여기저기 자꾸 발표를 하고 그러는지

정말 모르겠다

人不學[인불학]이면 不知道[부지도]*라 하지 않았는가
그러니까 사람은 배워야 한다

배운 것 없는 것들이 맨날
미주알 고주알 쓸데없는 말들을 만들어
뇔뇔뇔뇔뇔 呪文[주문]을 외우고 자빠져 있으니
어찌 이 나라가 제대로 되겠으며
南北統一[남북통일]이 되겠는가

---

* 원래는 '不知義(부지의)'이나 그냥 '不知道'로 했다.
〔玉不琢이면 不成器요 人不學이면 不知義니라(옥도 쪼지 않으면 그릇이 될 수 없고 사람도 배우지 않으면 의를 알 수 없다) — 〈예기〉(禮記)〕

자지에 끼우는 낙타눈썹 같은 詩를 갖고
어찌 이 IMF 시대를 견디겠다는 것인가

다들 정신 차려야 한다

詩人들은 모조리 homeless, 노숙자가 될 줄 알았는데
hairless 蕾英**들과 잘 놀고 있다

김동길이라는 양키 — ㄴ 줄 알았다. 정말 죄송하다 — 가
"그게 뭡니까?" 그랬던 것처럼
나도 '그게 뭡니까?' 그래본다

詩도 한 줄 못 쓰는 것들이
무슨 司正사정을 하겠다고, 團束단속을 하겠다고
衛正斥邪위정척사 破邪顯正파사현정을 하겠다고
教育을 하겠다고 布施포시를 하겠다고
仁術인술을 팔아처먹겠다고 悔改회개를 하겠다고
構造조정, big deal을 하겠다고 賣春매춘을 하겠다고
니미 씨팔 辱說욕설을 하겠다고
自由을 실천하겠다고
罷業파업을 하겠다고 音樂음악을 하겠다고

** 뇌영; '아직도 처녀'라는 뜻. 연산군 땐 '지방에서 뽑아온 여자'(假興淸) 들을 관리하는 뇌영원(蕾英院)이라는 관청이 있었다.

sex를 하겠다고 放送방송을 하겠다고

再起재기를 하겠다고…
웽웽웽웽웽웽
똥파리처럼 웽웽대는지

벌(蜂)들이 다 죽어버렸고
이 가을

귀뚜라미들이
퀴, 툴, 퀴, 툴, 퀴, 툴툴툴툴, 툴툴, 툴
醉客취객 코고는 소리 내다
氣盡기진해 다들 죽어버렸다.

나도
라면을 끓여먹고 그냥 잔다.

맹구여, 맹구여 …

설날 형수가 싸준 갈비
인겸*이 생일에 끓여 먹자고 넣어둔
兄宅형댁에 선물로 들어온 갈비
꺼내어 끓여 먹는다 냉동된
갈비는 시베리아 유형지
내려찍을 때 곡괭이에서 튀는 살점
氷壁빙벽에서 발굴된 맘모스 같고
오늘은 4월 3일 토요일 아니
그 갈비가 언젯적 갈비냐고
묻기도 전에 갈비는
식탁을 종횡하고 아아

내일은 일요일 모레는 식목일
연휴 동안 심을 씨앗을
나는 또 지하 수천 척 그
지층에서 출토된 화석처럼
신기해 하고 있는데

---

* 杏謙. 필자의 아들.

밭에는 우선
아욱, 얼갈이배추, 상추, 열무를 심자
심은 뒤 또 한 차례 비오고 나면
고추, 가지, 방울토마토, 완두콩을 심자
호박은? 호박은 심을 데가 있을까?

화분엔
승기하수종말처리장에서 따온 보리를 심자 밀을 심자
분꽃 나팔꽃을 심자

씨를 뿌린다는 것은
〈計劃[계획]〉 한다는 것

얏호!

계획, 계획,

미래에 대한 彫像[조상](imaging),

눈먼 거북이*
구멍 뚫린 널판지 하나 만나
구사일생

---

* 맹귀우목(盲龜遇木).

둥둥 떠내려가다가 닿아보니
무릉도원이었구나 별유천지비인간이었구나

아내는
'半裸반라의 美姬미희'들이 되어
영신군가를 부르고

어린 아들은
'다윗'들이 되어
골리앗과 낚시를 하네

玉流옥류엔 錦鱗魚금린어…

눈먼 거북이
구멍뚫린 널(棺)판 하나 만나
모가지에 그 칼(枷)
뒤집어쓰고 어기적 어기적

골고다를 기어오르네 눈먼 거북이
구멍 뚫린…

맹구여, 김맹구여…

저 非想非非想天川비상비비상천천*이 또 범람하면
그 모든 雪泥鴻爪설니홍조

水沒수몰당하기도 전에 아득히
떠내려가리라, 흔적도 없이
사라지리라,

맹구여, 김맹구여 그러니
이게 꿈인가 生時생시ㄴ가
살아있음을 天恩천은으로 알고
方舟방주 하나 또

〈計劃〉하지 않으련?

一望無際일망무제 大平原엔
들소떼를 猛맹추격하는
늠름한 어린 아들,

토막토막 예리하게 절단된

---

* 상상할 수 있는 것도 아니고 상상할 수 있는 것이 아닌 것도 아닌, 그러니까 상상할 수도 없고 상상할 수 없을 수도 없는, 佛家에서 말하는 三界의 모든 하늘 중 가장 높은 하늘(非想非非想天)—을 흐르는 川의 뜻으로 필자가 상상하여 명명한 川.

그 갈비의 뼈를

오래도록 凝視응시하고 있는
맹구여, 김맹구여….

수저筒[통]

뭔 食口[식구]가 그렇게 많다고 다만 세 食口
수저筒이 필요하냐 수저筒엔

無數[무수](?) 한
숟가락, 젓가락들이 그것도
直立[직립]하여 가지런히 도열해 있다

어떤 자식은 어떤 소설에다가
자지를 숟가락으로
보x를 그릇으로 표현해 놓고
퍼먹고 핥아먹고 어쩌구 했다고
쓰고 있는데
나는 그저 그러나보다 한다

숟가락과 젓가락
그리고 크고 작은
그릇들

그것들은 그 어떤
形而上學的[형이상학적] 사고체계의

저편에 있다

몸이 곧
숟가락이고 젓가락이고
그릇인

나의 現存이여

아내와 어린 아들과
그리고 내가

아주 예쁜 棺관속에 서서
누군가를 기다리고 있다.

나쁜 놈들은 끊임없이
나쁜 比喩法비유법을 쓰고

天地가 사악한 은유와 상징으로
원래성을 잃어갈 때, 오, 마요네즈…

오이, 조개, 바나나, 버섯…
그저 자지하고 보X만 뜯어처먹고 살다가 뒈질
人類인류여

一年虛渡秋일년허도추
教而不善교이불선*이로다,

—저 징그러운 호모사피엔스의 무리 속에서
나도 더 징그러운 해바라기 정치인인가
뭔가 나부랭이들처럼
'脫黨탈당'이라도 할까

'略歷약력'은 또 뭐하러 쓰느냐
제 2회 전국동시지방선거에 출마한
후보자들

그 모든 '이름'을 욕되게 하지 말라
내 이름도.

정말로 맛있는
라면을 끓여
그릇에 나눠 담고
各自의 젓가락으로
숟가락으로
밥 말아서 다 먹었다.

---

* 上品之人 不教而善, 中品之人 教而後善, 下品之人 教亦不善. 不教而善 非聖而何, 教而後善 非賢而何, 教而不善 非愚而何也, — 〈소학〉(小學)

銀河水은하수, 問答문답 …

熱帶夜열대야 깊고 깊은—

우리 동네 동춘2동사무소 옆 20호 어린이공원
화장실과 옹벽 사이
流氷유빙같은
난데없는, 漆黑칠흑의 개구리 울음소리

벌써 몇 달 전부터 수도관이 터져
철철철철철 흐르는 물은

꽤 넓은 沼澤地소택지를 이루고,

도랑을 타고 흐르다가
잔디밭에 퍼져,

"호박이 벌써 노랗게 익었어요…"
내가 그러면
"그럼 그냥 놔둬서 늙혀…"
어머니는 또 그러시고,

그러는 것 같았다.

여름 내내,

거리엔 코스모스의 물결,

'永遠[영원]'토록.

거북이와 메뚜기

몇 마리의 곤충을 먹었구나 거북아

방아깨비 딱따깨비
섬서구메뚜기 또 벼메뚜기,

나도
그 몇 마리의 곤충을 먹었단다
오래간만에 프라이팬에
튀겨서

오늘
밭에서 잡아온 '메뚜기'들
잡아서 강아지풀에 꿰어 온

黑褐色[흑갈색] '津[진]' 흘리는
꿰여서도 强力한
발길질하는

튀어다니는

날아다니는

함께
'칼'(枷)을 쓰고도
十字架를
지고도
함께
뛰고 날고
發狂발광하는

거북이는 5~6년 前
어린 아들이 산 거북이

바둑알만 한 그 청거북이가
어른 손바닥만 해졌네

아작아작 씹어서
꿀꺽,

또 꿀꺽

눈을 껌뻑이며 먹는
거북아

어항엔 찢긴
메뚜기 다리,
날개
더듬이
其他기타 내장 等屬등속이
둥둥

메뚜기의
殘骸잔해

'龜頭귀두'라니 …

女子들이 좋아할까

들어갔다
나왔다

슬픈
거북이

龜何龜何귀하귀하
首其現也수기현야

거북아
메뚜아

'淫蕩음탕'하냐?

東西洋을 막론하고
'거북이'와 '메뚜기'는
淫蕩한 사람의 別名별명

거북아, 메뚜아

너희도
한 바께스 잡으면

'食糧식량'이 되겠구나

彼此피차
'빠삐용'이구나 빠삐용은
빠삐용을 만나
彼此 탈출한다 女子도
男子도 그 모든

먹고 먹히는

性善성선 · 性惡一說성악일설의

벌거벗은

함께
목봉체조하는

軍 · 官 · 民 · 警경 · 盜도… 南 · 北朝鮮의
兒孩아해들도….

츄마

永等영등해야 한다…
永等해야 한다…
永等해야 한다…
永等해야 한다…
永等해야 한다…
永等해야 한다…
永等해야 한다…*

뭐 하냐?
뭐 한다

뭐 할래?
뭐 안 한다.

뭐 하자
뭐 하자.

正覺정각 後후의

---

* 필자가 만든, 필자 자신도 무슨 뜻인지 잘 모르는 불가해한, 무의미한 주문(呪文).

이레 동안, 하루도 아니고 이틀도 아니고 그래, 일주일 동안, 해탈의 즐거움을 맛보면서
이 놀라운 즐거움, 음, 이건 내 거다, 나만의
즐거움, 桃紅柳綠[도홍유록]… 하면서 아무도 모를 거야 어쩌구
라면을 끓여 먹으면서
그 다 쓰러져가는
보리수 밑에 앉아 있던
佛陀[불타]처럼

아름다운 집
쓰레기
앞마당에 갖다 묻는다고
생각해야 한다

혀가 굳었는지 입이 삐뚤어졌는지
술 때문에 돈 때문에 느닷없이 츄마**
그렇게 發音[발음]이 되어
그렇게 發音해 보았더니
츄마는 좋은 츄마였다 나는 이제
특별한 여인을 '츄마'라고 부르겠다 나는 이제
너를 츄마라고 부른다 츄마가 된 너는

** '치마'의 고어(古語).

츄마를 벗고 내가 뭐 하냐? 하고
물으면 뭐 한다 그렇게 대답해야 한다 내가 또
뭐 할래? 하고 물으면 뭐 안 한다 하고 대답해야
한다 다시 내가 또 뭐 하자 하고 제의하면
뭐 하자 하고 화답해야 한다 너는
츄마다 츄마는

치마가 츄마가 되었으니
바지는 봐쥐가 되야 되겠다
보X와 자지도 뷔쥐와
좌쥐로 해야 되겠다
얼마나 좋으냐 우리가 어찌
시공에 屬속한…

몸에 좋다는 걸
이렇게 많이 먹으니
내가 좋아질리 있겠냐

개소주, 비타민C, 비타민E, 늙은 호박 곤 물
살찌는 藥약…
(이건 실제로, '여자'들이 하도 갖다줘서, 내가 먹고 있는 것들이다.)

그 盛火성화에,

苦고 · 集집 · 滅멸 · 道도의 四聖諦사성체 그거
다시 개한테 줘야겠다 개는
아직도 그

다 쓰러져가는 보리수 밑에서
열심히 실실 쪼개고 있다 보리수
밑에서 나무 밑에서 혼자
앉아 있다는 것은 보리수

보리수는 어디 갔나 엄마야
보리수는 어디

갔나 음악
교과서에 있었는데 그런데
그 보리수는 독일

보리수 그
노래는 독일 노래 사람
잡아먹는

보리수는

시공을 초월하는구나

서른여섯 살짜리 싯달타를
거꾸로 묻고 보리수가
正覺정각해 있구나 깨달은 건
언제나 보리수 깨달은 건
주인에게 잡혀먹힌 똥개
獸姦수간당한 염소

깨달은 건
성폭행 당한 소녀, 自殺한
중소기업 사장, 그밖에

깨달은 건
그 모두 當당한 것들

튀김통닭이 되어버린
영계, 뭐 그저
그런 먹거리들 They call
the rising sun!*

---

* the Animals가 부른 팝송 〈The House Of The Rising Sun〉의 가사를 참조할 것.

신음하는
짐승들,

全權전권을 장악하고 푹, 또 푹—
쑤셔박는
haruspex**들이여,

'男子'가,

없어져,

버렸다!

찍—.

** 창자 점쟁이. 고대 로마의, 제물로 바친 짐승의 창자로 점을 치던 점쟁이.

김중배의 다이아몬드가 그렇게 좋더냐?

김중배의 다이아몬드가 그렇게 좋더냐? 그러면
'Yes, Sir!'하면 되는 것이다 김중배의
다이아몬드는 좋다 김중배의 다이아몬드는
김중배를 다이아몬드로, 다이아몬드로 만들어 놓는다 김중배의
다이아몬드는 김중배를

그 내적, 외적
정신적, 육체적, 영적, 성적 一 質的 變化를
가능케 한다 Yes, Sir! 보라!

심순애는 이수일의 그 무엇이 아니라
김중배의 다이아몬드를 선택했다 그것은
그냥 다이아몬드가 아니라 김중배의 다이아몬드다
박학다식하고 매너 끝내주는
그런 인텔리겐치아의 다이아몬드가 아니라
무식하고 탐욕스러운, 무식하고 탐욕스럽기 때문에
단순하고 골치 아프지 않은, 죽여주는
바로 그 김중배의 다이아몬드는, 김중배의
그 무식하고 탐욕스러운, 이글거리는

그 무식함과 탐욕스러움의 凝血[응혈], 結晶[결정]
그 살냄새나는
심순애는 선택한 것이다 罵倒[매도] 말라

선택할 권리가 있다면
선택해야 한다 어쩌면
선택할 권리가 아니라 선택할
의무였을지도 모른다 신성한

신성한 의무, 사금파리를
집어넣고 그 고통 속에서
眞珠[진주]를 만드는 진주조개 같은
아아, 심순애여

무식하고 탐욕스러운 김중배의 舍利[사리]같은
眞身舍利[진신사리]같은

김중배의 그 다이아몬드는 이제
심순애의 다이아몬드가 되리라 그걸

집어넣고 또
眞珠를 만들리라 닭 쫓던

개 꼬라지가 된 이수일이여 망토
걸친 이수일이여, 놔라!

놔라!

놔라!는 사실
잡아다오, 나는 쪽팔려 죽겠다, 비참하다, 사실

내가 줏어들은 철학이니 문학이니 하는 것들이
다 무슨 소용이 있으리요, 다

덧없는 것이다 흑흑, 홀연

得道득도, 正覺정각하여 이수일도 열심히 그
줏어들은 것들을 이용해서 악착같이
무식하고 탐욕스럽게 돈을 벌어
그 자지에
다이아몬드 구슬을 빵 둘러 박고 휘황찬란하게
무수한 심순애들을 좋게 만들었다는
뽀빠이 아자씨의 몰씀 그리고!

그리고 도대체 인생에 무엇이 좋은 것이냐 하는
문제는 古代 희랍의 소피스테스 이래의

최대 문제, 難題난제,

좋은 게 좋은 것이 아니겠냐?

이수일이, 김중배보다도 더 큰
왕때롱* 다이아몬드를 갖고 왔어도

어쩌면 심순애는 싫다고 했을지도 모른다
왜냐하면 이수일은 이몽룡처럼 주저리 주저리
아는 것이 너무 많았기 때문이다

春香춘향이의 悲劇비극은 바로 그 以後이후부터—

나는
다이아몬드도 없고
다이아몬드에 상응하는, 다이아몬드로 환산 가능한
知的 財産지적 재산도 없으니
심순애도 없고
이수일과 심순애와 김중배의
슬픈, 기쁜, 그저그런 이야기도
없다

---

* 나 살던 인천의 어린 시절, 구슬치기할 때 우리는 알이 굵은 구슬을 '왕때롱'으로, 그리고 알이 잔 구슬을 '쌜추'로 불렀었다.

내 몸무게는 45kg
아니
225,000캐럿!**

완전 짱구, 돌
全身舍利다 하하하하하하

—쨍! 하고 해뜰 날은

그리하여

내 몸이

깨지는 날?

하하하하하하하하하하하하….

** 1 carat = 200mg.

징검다리

깡충 그리고 또 깡충
깡충깡충깡충깡충깡충깡충깡충…

그래도 잘 건너왔다
그 '石頭석두'들,

그 모든 부모형제 일가친척 친구 선후배
애인, 정부, 섹스 파트너, 이웃, 동시대인, 인류
칠뜨기들…

나하고 무슨 특별한 관계가 있었다고 믿는
믿거나 말거나
'생명체'들

나는 완벽히 無關무관하다.

팽이 10개를 가슴에 안고 들어오면서
하나는 입에 물고 오면서
"아빠, 나 아주 엉뚱하게 하고 온다…"

어린 아들이 그런다.

아들아,
나도 그렇게 하고

깡충 그리고 또 깡충
공중제비 스턴트 비행을 했단다

깡충 그리고 또 깡충
깡충깡충깡충깡충깡충깡충깡충… 그러다가

퐁당!

나는 죽었다. 히히.

가을大운동회

나는 언제쯤 저렇게
배가 축 늘어지나
나는 배가 없다

늘,

가정이 깨지냐 안 깨지냐
내 해골이 터지냐
좆이 터지냐 마느냐
그게 문제였지 平和?

그런 건 모르고 살았다

그런데 이곳에 오니 평화로구나

움직여야 산다
나는 '움직여야 산다'고 암시를 준다

새파란 수평선

같은 새파란
하늘
밑
만국기의 물결
밑
코스모스의 물결
밑
버뮤다 쫄바지, 반바지에 배꼽티 입은
젊은 엄마들의 물결,
물결은 고추잠자리의 물결
一波萬波일파만파, 어린 人間의, 時間과 空間의 萬頃
蒼波만경창파다, 海溢해일이다, 어린 肉體육체
어린 情神정신이, 그 어린 靈魂영혼이

눈은 짓물러 터졌고
고환은 터졌다가 아물었고
고막은 터진 채 그대로다
아가리는
항문은

그래서 나는
아래 위로 터진 것들에만
관심이 있나

아래 위로 쭉
찢어진

철저히 소외다

2학년짜리 어린 아들은
달리기에서 2등을 했다

2학년짜리 어린 아들의
2학년짜리 어린 아빠는

쭈그려 함께 김밥을 먹었다.

IMF 閑情한정

옛날엔 목욕탕 있는 집 그 욕조 안에서 아들과 함께 목욕하는 것을 그렇게 부러워했는데, 작은 임대아파트지만 나도 해봤으니까 됐다는 생각.

性交도 해봤으니
아름다운 女人도 貪탐하지 말자.
(그 아름다운 女人과 함께 목욕도 하고 싶었겠지…)

"아?"

뭔가를 깜빡 잊었다는 듯이 소리치고 나서 하하하 화사하게 웃는 아들은 그 선한 눈매와 하는 짓이 제 할머니를 닮았다.

아들의 얼굴엔 내 어머니의 모습이 있는 것이다.

아내는 guitar를 치고 아들은 노래를 부른다.
그대여 부르라
나는 마시리,

素月소월처럼도 중얼거려 보지만

나는 또 지난 한 週주를 정리한다

부처님 오신 날, 어린이날, 어버이날, 동문체육대회,
스승의 날… 줄줄이 있는 5월은
'술'의 달,

푸른 논둑길을 가르며, 질러 새참 광주리 이고 잰걸
음으로 오는
새댁 같은 女人의 모습을 나는 아직도
그리워하고 또 서러워하고 있는 것이다.
임대료와 관리비 못 내, 斷水단수 · 斷電단전 조치당한
우리의 이웃들,

한 아름다운 女人이 울고 있네
우등상장, 개근상장
비에 젖는 가재도구들 옆에 쪼그려 넋없이
강제철거당한…

오오, 이 끔찍한 '無節制무절제'를 나는 또 어찌할꼬….

아들

아들을 보면
절로 웃음이 나온다 나도 모르게
입가에 微笑미소가 지어진다

아들의
사진만 봐도 그렇다

아들은 이제
초등학교 2학년

무럭무럭
자라느라고 苦生하는 아들을 보면

저런 걸 구슬러
판사니 의사니 안데르센을 만들겠다고
미련을 떠는 칠뜨기들과

개 엄마가 무슨 체육진흥회 간부라고
개 엄마가 만들었음에도 역시 지지리도 못 만든
상자를 이용한 만들기 작품을

최우수 작품이라고 복도에 내다 전시를 한
그런 꼴통들이나

(내가 선생이래도 그랬을 것이다
 왜냐하면 선생님들은 학부형한테 지니까)

자기 딸을 불법 고액 과외를 시켜
사직하겠다고 어쩌구 기자회견을 한
서울대 선우중호 총장 나부랭이나 뭐나

(그분은 훌륭한 분이고
 또 금강산댐 건설계획에도 관여한 머리 좋은 분이고
 그리고 과외를 하든 말든
 그것은 자유 아닌가
 어떤 병신같은 새끼는 또 잘났다까봐
 과외금지는 위헌이라고
 위헌심사를 위한 헌법소원을 해놓고 있다
 하긴 T. S. Eliot도 영국에 건너갔을 때
 코흘리개들 과외를 하기도 했는데
 그리고
 그 금강산댐으로 인하여
 남한 사람들이 얼마나 잘 살게 되었는가
 또 물 한 바가지에 2,000원씩만 잡아도
 그 돈이 얼마인가

돈도 많이 벌었을 테니
—나는 왜 자꾸 또라이 같은 말만 하고 있지?
여하튼)

도도한
순진무구함의 江물을
逆流역류시키는 그 모든

어린이들의 未來를 단축시키고
現在를 박탈하여

Lolita로 만들어버린
그 모든 人間世의
만수산 드렁칡이

그저 可笑가소롭고

저 表情이
天下를 평정
신기원을 이루리라

그 모든 TV에 나오는
有害한 表情들 속에서

흐뭇해지기 때문인 것이다

아들아
너는 내 아들

폭력에 屈굴하지 말고
자기변명에 시간을 낭비하지 말아라

풀벌레 울음소리
情겹고 또한 애잔한
이 가을밤

곧 나한테 이기리라…

將棋장기를 가르쳐준 지난 여름,
後輩一家후배일가와 함께 캐리비언 베이에 갔다가
돈 없어 당한 개망신을 想起상기하며
(입장료가 어마어마했다)

나는 또 열심히
'原稿원고'를 쓴다.

매달려, 늙어간다

별건 아니지만, 그래도, 생활비가 또, 똑, 다 떨어져
아내의 패물과 아들의 백일반지 돌반지를
팔았을 땐 조금은 그랬다, 그 모든 값나가는
기념품은 이제 사라지리라, 돈 들여 애써
부여했던 의미들은 옛날 어느 맹인가수가 부른
노래의 가사처럼 그저 무지개 타고 온다
그 무슨 잉카의 찬란한 황금문명이라고
총과 칼과 마약과 섹스를 앞세운 스페인 무적함대는
상륙해 와 약탈해 가는가 맞추피추 같은 이 아파트
아파트?
내가 사는 아파트는 동남아파트
아파트? 인디안 reservation 같은
친구여 그대는 무슨 인디안 reservation에 사는가
나는 동남 인디안 reservation에 산다네 정확한
명칭은 연수 동남 임대 인디안 reservation
그러나
빛을 타고 날아가면 세상이 어떻게 보일까?
의문을 품었던 14세의 아인슈타인처럼 우리 아파트
아니 우리 인디안 reservation 건너편엔 '무지개마을'
이라는

새로운 아파트, 아니 인디안 reservation이 생겼다
그 무지개 너머엔 아내의 패물과 아들의 백일반지
돌반지를 팔고 으하하하하하하 매우 대견해 하는
그런 인디안 같은 족속들이 살고 있을지도 모른다
나는 고개를 끄떡거려 보는 것이다 가로등 밑 보도블럭을
기는 여치는 어느새 褐色갈색
겨울을 걱정한다는 것은 모든 짐승의 본분 아닌가
죽은 맨드라미처럼 빨간 내복*을 한 벌 마련하는
것은 나의 예절이고 또한 은총이라면
정말 별건 아니다, 오늘 아침 텃밭에서
빨갛게 익은 고추 여덟 개와 토마토 한 개를 땄다
아내여, 아직 매달려 늙어가는, 호박 여섯 개는 이제, "아빠, 그럼 우리는 부자네!" 하는 아들의 탄성처럼, 우리를 풍요롭게 할 것이다. 매달려
늙어가는 호박은, 끌려가지는 않는다,
그렇게 생각해보면 문득, 이 아파트, 아니
이 인디안 reservation이 떠나가도록 도끼 들고 황홀하게
춤을 추고 싶지 아니 한가, 아내여.

---

* 기형도, 〈위험한 家系 · 1969〉, 《입 속의 검은 잎》(문학과 지성사, 1989)

슬픈 똥

興武大王[흥무대왕], 절충장군, 삼도수군통제사, 금강역사, 轉輪王[전륜왕], 王中王 같은
아내가 하도 속을 쎅혀서
너무 슬퍼요

萬歲前[만세전]부터 아내는
민족중흥의 역사적 사명을 띠고 이 땅에 태어난 게 아니라
내 속을 쎅히려 태어났나봐요

나는 어떡해요
너무 슬퍼요.

어떻게 하면
이 가정을 파괴할까

어떻게 하면
국가를 멸망시킬까
그딴 것만 생각하나봐요

一年四時 일년사시
終日 종일 그래요.

똥도 안 나오고
슬펐어요

너무 슬프니까
똥도 안 나와요

똥이 굵게 가래떡처럼, 소시지처럼
나오는 게 아니라 지렁이처럼
실처럼 나와요 슬프면
똥도 슬퍼요 肛門항문도

생각해 보세요
그리고 경험해 보세요

便秘변비가 아니라 묽은 똥이
가늘게 그것도 찔끔찔끔
나와요 그런 제가

무얼 먹었겠어요

슬픔은 슬픔을 淨化정화하고
드디어 벅찬,

천둥 번개
날벼락 같은

웃음으로 바뀔 거예요.

내 슬픔을 아는 이는
나 같은 똥을 싸는 이뿐

그런 사람이 어디 있겠어요

나 같은 놈을 하나쯤
그냥 돌아다니게 놔두어도 될 텐데

나 죽으면

나의 苦痛고통, 나의
울화통, 나의 표정 등은

누가 승계할까요

나 죽으면
나는 滅種멸종,

代가 끊기는 것이지요.

나는 인류역사상에
前無後無전무후무한
'人間'이었으니까요.

살려주세요

하다하다
肛門에다 성행위를 하는
大慈大悲대자대비한
'깊은 목구멍'*들이시여.

나를

살려주세요.

---

* 마오리족의 민요와 속담에 의하면, 언제나 흙에다 코를 박고 밭을 가는 근면한 사람을 '더러운 코'(dirty nose)라 하여 칭송하였고, 탐욕스럽고 게으른 사람을 '깊은 목구멍'(Deep throat, shallow muscles)이라 하여 저주하였다. — From *An Introduction to Social Anthropogy*, by LALPH PIDDINGTON.

노란 양지꽃 지고
淸凉山[청량산]엔 제비꽃,

그리고 天空[천공]엔
반짝이는 별—

그리고
내 슬픈 육신엔
더 슬픈

똥,

살려주세요.

나무 세 그루

아파트,

화단의 나무는 하나 둘
세 그루,

화단의 나무는
다섯 여섯
세 그루,

이 비오는 날
나무 하나 제대로 못 심는 놈들이 심어놓은 나무는
左로 右로 길게 누워 萬頃蒼波만경창파
surfing, windsurfing을 하고,

미련곰텡이 같은, 극악무도한, 놈들이,
뿌리를 넓은, 검은 고무밴드로 칭칭 감아
그냥 꽂아놓은,

碑木비목 같은,

나무는 헥헥
鳶연 날리기를 당하고
찢어발겨진 채
女子같이
알몸으로—

삽을 들고 내가 뽑아 다시 심은 나무 세 그루는
帝王제왕처럼,
그 俱戴구대 '天之怨讐천지원수'하고 있는 氣像기상이
장엄하다.

장엄하다,

여덟 그루 나무 중에 尖銳첨예하게 선
나무 세 그루,

直下하는 빗줄기를 기어코 역류시켜, 湧出시키는

내가, 후벼, 뽑아, 흔들어, 털어, 짓이겨, 풀어, 다
시 심은, 나의, 심오한, 과묵한, 無關무관한, 나의 나무

세 그루.

'있음'에 대한 참회

그저 곁에 함께 있는다는 것, 그
'있음'이 對流대류하는 스트레스, 폭력을
참회합니다 그저

마주보고 있다는 것
그 자체가 가공할 만한 불안,

긴장, 초조, 폭력일 수 있었음을
참회합니다 저는

그저 함께 있다는 것, 그
'있음' 자체가 加虐입니다

만경창파 그 海邊해변의
黑松흑송도 그러할진대 너무

가까이 그렇게 지속적으로
있었다니

함께 밥 먹는 것도, TV 보는 것도

섹스도 그저

상처투성이 피범벅의
公認공인된 拷問고문일 수
있었음을

이 겨울
山 꼭대기 岩壁암벽을 타고 넘으며

냉이는, 달래는 저
아득한 地上지상에서 뾰족뾰족
돋고 있겠거니

생각하며

나, 射精사정하듯 쏟아지는 달빛, 별빛
虛空中허공중에 散花산화하니

그저 죄송합니다, 나와 함께 있었던, 있는, 있을
여인이여,

그 終身刑종신형의
나의 아내여,

그 푸른 하늘 은하수, 山 꼭대기에서

一生을 電光[전광]처럼, 파바박!
참회 다 해버렸습니다.

미스 코리아 眞善美진선미

"대머리 빡빡들이 왜 저러지?"
TV를 보며 어린 아들이 또 그러신다.
대머리 빡빡?

나는 무슨 임진왜란이 또 일어났나 했다.
이 무슨 僧兵승병들의 결연한 蜂起봉기인가.

조계사 승려들이 또 집단 난투극을 벌이고 있다.
그 白兵戰백병전은 심오하다.

하긴
걔네들도 그럴 수도 있겠다.
(이 말에도 삐치면 정말 밴댕이 소갈딱지, '조폭'이다.)

걔네들이 그렇게 웃통 벗고 쿵푸를 하는 것은
자지는 꼴리는데 그걸 해결할 방도가 없기 때문이다
마음은 언제나 콩밭
염불보다 잿밥은 당연한 것이고 스스로를
포르노의 주인공으로 만들지 못해서 그런 것이다

개네들은 이미 出家출가해 에미 애비도 없는 것들이니
누가 돌보겠는가 개네들은 또한
까막눈들이니 제 이름 석 자 하나 못쓰고 니미
아발타발 간세암보실 그러는 것들이니
살살 달래서 바벨탑, 피라밋 짓는 데
부려먹어야 하는 것이다 개네들한테
고기와 계집을 잔뜩 붙여주어 손에 든
쇠파이프를 내려놓게 해야 하는 것이다 보X털로
예쁜 털모자를 하나씩 떠서
뒤집어 씌워줘야 하는 것이다 上求菩提상구보리
下化衆生하화중생 열심히 보X를 구해다가
동물원 맹수 우리에 던져주듯 던져줘야 하는
것이다 法頂법정이라는 또 한 중대가리는
개네들이 그런다고 챙피해 죽겠어 어쩌구
신문에 연재하는 무슨 칼럼을 중단한다고
또 삐쳐서 흑흑흑 눈물을 쫄쫄 짜며
미련을 떨고 팩 토라져서 또
山으로 쏙 들어가 버렸다 山은
山이고 우리 아파트 바로 뒤 봉재산은
미사일이 날아간 山이다 그
공군방공포대 근처까지 나는 어린 아들과
산책을 나서곤 했던 그런 山이다 산은
우리 동네 청량산은 건강을 위하여

오르는 산이다 한낮의 찌는 더위는
나의 시련인지 뭔질지니 불륜의 남녀가
밀회를 즐기는 산이다 소나무가 다
죽어버린 산이다 청량산살리기시민운동본분가
뭔가 하는 환경단체가 열심히
살리고 있으면 내가 가서 또
반쯤 죽여놓고 내려오는 그런 산이다 바닷물은
바닷물이고 내가 사는 동춘동 그 서해의 끝
LNG인수기지 LPG수입기지 건설공사로
개펄을 다 메꿔놓은 그 바닷물은
기름물이고 똥물이고 핏물이고 눈물이고
좆물이고 소머리국밥물이고 어패류 썩은 물인 것이다
개네들은
H_2O는 H_2O라는 토톨로지를
원숭이처럼 따라하는 앵무새인 것이다
새대가리 닭대가리인 것이다 개네들은
灰身滅智회신멸지의 利他行이타행을 萬行만행을
하고 있는 轉輪王전륜왕인 것이다 軍荼利明王군다리명왕*인
것이다 개네들은 냉동창고에

---

* Kundali. 머리는 하나이며 팔은 여덟인, 진언종(眞言宗) 五大明王의 하나. 전신은 푸르고 머리카락은 흑적색으로 복잡하게 얽히듯 땋아져 있는데, 두 마리의 붉은 뱀이 서로 엇갈린 채 가슴 앞에 늘어져 위를 보고 있게 한 모습이 가관이다. 분노(忿怒)의 상(相)으로 아수라 · 악귀들을 절복(折伏) 한다.

거꾸로 매달린 소 돼지의 精肉정육처럼
屠體도체가 되어서도 용맹정진
禪定三昧선정삼매에 들어간 生死一如생사일여의
生佛생불 死佛사불 肉佛육불 靈佛영불인
것이다 걔네들은 화염병과
최루탄의 밀고 밀리는 운동권이며
戰警전경이며 여하튼 理性이성의 狡智교지의
도구, 그 평화의 도구인 것이다
걔네들은 金槿泰김근태며 諸廷坵제정구며
박종철이며 李韓烈이한열이며
여하튼 걔네들은 H. O. T며 MBC 뉴스데스크
권재홍 앵커 새끼(고교 동창)며 걔네들은
전두환이고 노태우고 김영삼이며
걔네들은 김수환 추기경이고 김대중 대통령이고
시인 김지하고 걔네들은 서른, 마흔, 쉬흔,
예순, 여든… 잔치를 끝내고 있는
죽음의 재고 不死鳥불사조고 그런 시집을
낸 싸포고 걔네들은
팔만대장경이고 三別抄삼별초고 걔네들은
이완용이며 김시습이며 花潭화담이고
栗谷율곡이며 걔네들은 더 나아가
스쿠루지며 샤일록이며 보부상이고
중소기업 종업원이며 짤린 200만

실업자며 개네들은 싹쓸이 당한
광주시민이고 싹쓸이 한 新軍部[신군부]고 그
新軍部의 新軍部고
개네들은, 그 빽이 터져 뻗은
개네들은 운주사 臥佛[와불]이고 시멘트
벽에 짓이겨진 개네들은 마애석불이고
퍼포먼스고 마스게임이고
그룹 섹스고 판토마임이고 오페라고
오케스트라며 열병 분열이고 공수낙하고
개네들은 PT체조고 유격훈련이고
개네들은

개네들은 삼청교육대고
우글우글 바퀴벌레며 十字軍이며
아느냐 그 이름 무적의 사나이
세운 공노 찬란한 백마고지 용사들이고

여하튼
山은 山이고 물은 물일 때
개네들은 개네들이고 物은
物인 놀라운 神의

自己顯現[자기현현], 受肉[수육]…

금강산 찾아가자 일만 이천 봉
볼수록 아름답고 신기하구나
신기한

生금강, 動동금강, 叫규금강, 打타금강
금강인 것이다

몰래카메라여
개미의 꿀벌의 內室내실을 찍는
몰래카메라여

Open the BOOK, And Repeat after me, Let's daal-ddal-ee(딸딸이) —

○ 왜냐하면 수부우티여, 믿고 이해하는 능력이 모자라는 사람은 이 법문을 들을 수 없기 때문이다 〈나〉를 영원한 주체라고 집착〔我見아견〕 하는 자, 중생을 생명이 있는 실체라고 집착〔衆生見중생현〕하는 자, 실체로서의 개인이 있다고 집착〔人見인현〕하는 자, 생명으로서의 개체〔個我개아〕가 있다고 집착〔壽者見수자현〕하는 자는 들을 수가 없기 때문이다.

수부우티여, 如來여래라고 하는 것은, 이는 〈生〉이 없는 존재의 본질을 가리키는 다른 이름인 것이다. 수부우티여, 如來라고 하는 것은, 이는 존재의 斷絶단절을 가리키는 다른 이름인 것이다. 수부우티여, 如來라고 하는 것은, 이는 궁극적으로 不生인 것을 가리키는 다른 이름인 것이다. 그것은 왜냐하면, 수부우티여, 生이 없는 것이 최고의 진리이기 때문이다.

수부우티여, 이들의 세계에 있는 모든 중생들의 온갖 〈마음의 흐름〉을 나는 알고 있다. 왜냐하면 수부우티여, "마음의 흐름, 마음의 흐름이라고 하는 것은 흐름이 아니다"고 如來는 說설하고 있기 때문이다 그러므로 〈마음의 흐름〉이라고 말하는 것이다.

그것은 왜냐하면 수부우티여, 과거의 마음은 파악할 길이 없으며, 미래의 마음은 파악할 길이 없으며, 현재의 마음은 파악할 길이 없기 때문이다.

> 現象현상의 世界세계는
> 별과 그림자와 등불
> 그리고 幻影환영과 이슬과 물거품
> 꿈과 電光전광, 구름과 같아
> 그와 같은 것이라 보아야 한다.
>
> — 서경보 譯, 《金剛般若經금강반야경》

○ "… 목숨을 위하여 무엇을 먹을까 무엇을 마실까 몸을 위하여 무엇을 입을까 염려하지 말라 목숨이 음식보다 중하지 아니하며 몸이 의복보다 중하지 아니하냐 공중의 새를 보라 심지도 않고 거두지도 않고 창고에 모아들이지도 아니하되 너희 천부께서 기르시나니 너희는 이것들보다 귀하지 아니하냐 너희 중에 누가 염려함으로 그 키를 한 자나 더할 수 있느냐 또 너희가 어찌 의복을 위하여 염려하느냐 들의 백합화가 어떻게 자라는가 생각하여 보라 수고도 아니하고 길쌈도 아니하느니라 그러나 내가 너희에게 말하노니 솔로몬의 모든 영광으로도 입은 것이 이 꽃 하나만 못하였느니라 오늘 있다가 내일 아궁이에 던지우는 들풀도 하나님이 이렇게 입히시거든 하물며 너희일까 보냐 믿음이 적은 자들아 그러므로 염려하여 이르기를 무엇을 먹을까 무엇을 마실까 무엇을 입을까 하지 마라 이는 다 이방인들이 구하는 것이니라 너희 천부께서 이 모든 것이 너희에게 있어야 할 줄을 아시느니라 너희는 먼저 그의 나라와 그의 의를 구하라 그리하면 이 모든 것을 너희에게 더하시리라 그러므로 내일 일을 위하여 염려하지 말라 내일 일은 내일 염려할 것이요 한 날 괴로움은 그날에 족하니라"(마태복음 6: 25~34)

○ 猿猴取月원후취월 : 佛告諸比丘불고제비구, 過去世時과거세시,

波羅奈城바라나성, 有五百獼猴유오백미후, 樹下有井수하유정, 井中見月정중견월 共執樹枝공집수지, 手尾相接수미상접, 入井取月입정취월, 枝折一齊死지절일제사,〔僧祇律승기율〕

누가 도미니크 수녀님을 욕했는가

> 저희가 나의 少時부터 여러번 나를 괴롭게 하였으나 나를 이기지 못하였도다
>
> — 시편 129 : 2

〈누가 도미니크 수녀님을 욕했는가〉

그런 제목으로 시를 써볼까
써보고 싶어서 써봤다

별안간!
코마네치를 괴롭혔던
차우셰스쿠가!
생각났기 때문이다.

나는

도미니크라는 이름의 수녀를 본 적도 없고
만난 적도 없고
그런 이름의 수녀가 이 지구상에
실존하고 있는지도 모른다 나는

모른다

옛날에
도미니크니크니크니크니크니크니크 모두 즐거워어라 어쩌구 하는
아름다운 노래를 좋아했던 적은 있지만
도미니크 수녀가 아무리 섹시하게 생겼다 해도
송상옥의 단편 〈냄새나는 사나이〉에 나오는 그 냄새나는 놈처럼
강간할 생각은 전혀 없고 또
꼬셔서 69, 오랄 섹스를 할 생각 같은
건 추호도 없다 그런데

도미니크 수녀님 어디에 계세요…

나는 가톨릭도 아닌데
괜히 중얼거려 본다. 혹시…

혹시…

옛날 60년대
미국의 예쁜 여자들은 다 어디로 갔나
찾아보니 다 할리우드로 갔다더니

이 씹새끼들 죄다
포르노 찍는 데로 끌고 간 것은 아닐까 이 씹새끼들

수녀복 입은 수녀를
아랫도리 벗겨놓고
클린턴처럼 자지를 빨게 만든 것은
아닐까 혹시

미국 대통령 클린턴이 그렇게
시킨 것은 아닐까 마피아 새끼들이
대신 설교를 하고 성당에서
수녀원에서 기관단총으로
황금으로 마약으로

아예 님포매니아를 만들어
버린 건 아닐까 혹시

이 씹새끼들 최후까지
극렬히 저항했던 잉카를
결국 마약과 섹스로
무력화시켰던 것처럼 그래

그 스페인 무적함대 새끼들처럼

혹시
오스트레일리아 뉴질랜드
원주민을 학살한
그 백인 새끼들처럼

그 씹새끼들처럼 도미니크
수녀님을 보x털을
면도칼로 밀고
완전 변태로

이 씹새끼들

수녀들 얘기 소설에
희곡에 썼던 그
싸가지 없는 씹새끼들

섹스를 문명을 연구했던
융, 프로이트, 마르쿠제 등등등등등
이름도 거론하기 싫은 그
씹새끼들

씹새끼들 뭘 좀 알고 있다는 것은
이미 싹수가 노랗다는 것 이 씹새끼들

종이도, 그림도, 文字도, 사진도, 비디오도
CD도 끝까지 악착같이
그런데다 쓰고 만 그

씹새끼들

그 씹새끼들
십만양병설을 쫑알거렸던
율곡 같은 새끼들 花潭화담 같은
새끼들 그 주위에 왜

妓生기생이 꾀게 만드냐 그
雅號아호 좀 봐라 씹새끼들

도미니크 수녀여!

어릴 때 불렀던 〈도미니크 수녀의 노래〉
그 노랫말 속의 도미니크 수녀의
이미지가 아직 남아 있다니 나는

도대체 얼마나 슬픈 인간인가

도미니크 수녀여

오늘 길에서 만난
冬服동복 입은 수녀는
너무 薄色박색이어서
安心이 되었다

도미니크 수녀여,

수녀들은 왜
섹스도 안 하면서
기도하고 봉사하고
일용할 양식을 준 것에 대해서
감사하고 있는가

도미니크 수녀여,

사제들이 그대를 건드리지
않던가, 고등학생들이

도미니크 수녀여,

국회의원들이 괜히
말시키지 않던가 방문하여
그 孤兒고아들

필요한 게 없냐고

도미니크 수녀여 그 씹새끼들

MBC, KBS-1, KBS-2, SBS
그 TV에서 뭐라고 그러지 않던가

그 씹새끼들

도미니크 수녀여
수녀복을 벗으라

그리고
그대가 수녀인지
아무도 모르게 하라

경찰서 형사는
아무리 사복을 입어도
티가 난다

도미니크 수녀여,

白衣의 天使 간호사도

이미 개네들이
다룰 만큼 다 다루었다

안 다룬 건 없다 씹새끼들

도미니크 수녀여

아름다우면
결코 그냥 놔두지 않을 것이니
이 사바세계

머리 깎고 중이나 되거라

娼女[창녀]가 되면 곧
거들떠보지도 않게 되리니

탤런트가 되든 MC가 되든
연예인이 되거라 곧

눈독들인 씹새끼로 因[인]하여
主婦[주부]가 되리니 主婦가 되었다가
이혼하고 곧

인간들은
그대를 욕하게 될지니—

누가 도미니크 수녀님을 욕했는가

전두환인가 김영삼인가
정주영인가 최원석인가
김지하인가

누가 도미니크 수녀님을 욕했는가

김수환 추기경인가 교황
그레고리우스 2세*인가

3세를 낳았다고
누가 도미니크 수녀님을 욕했는가

* 토마스 만, 〈선택된 인간〉을 참조할 것.

가엾은 아내

어쩌다가 나한테 시집을 와
아니 나한테 끌려와
이런 변태적인 체위를 취하게 되었누…

탄식도 이젠 그만

이것이 변태적인 체위가 아니라면
그 무슨 장좌불와, 고행의 요가란 말인가
求法구법의 면벽좌선이란 말인가 뭔가

밥먹는 것도 말하는 것도
웃는 것도
아내 나름의 고유성, 원래성*이 있었을 텐데
가난하다 보니 변형되었구나 왜곡되었구나
그 품위를 잃었구나

---

* 여기서는 '모든 형태의 부도덕과 타락의 동기가 되는 주의력의 결여, 즉 행위에의 성실성의 부족' — 김진성, 《베르그송 연구》(문학과지성사, 1985) p. 68 — 등으로 요약되는, 진정한 '나'하고는 거리가 먼 삶을 영위하는 소위 '일상인'(日常人, das Mann)의 단속적·불연속적 실존의 모습을 강조하기 위하여 사용한 하이데거의 용어 'Eigentlichdeit'를 말하니, 참조할 것.

하긴
전당포에 외투를 맡긴
마르크스의 아내가 무슨 놈의 품위

許生허생의 아내처럼 참다참다 바가지도 못 긁고
나와 함께 이 무슨 코브라 트위스트란 말인가
풍차 돌리기란 말인가 왜
항복도 안 한단 말인가 신음도
비명도 안 지른단 말인가 아, 미치겠어
죽겠어요 교성도
기성도

더 세게…
더 깊이, 감탕질도 없단 말인가 요분질도
"로사**, 노동사목하나?"

아내는 멀리서 봐도 금방 아내
오래간만에 만난 한 神父가 아내더러
그랬다는군 그 입은 옷이 하도 후줄끄레 해서

내가 입다가 안 입는 세무 잠바
그 반질반질 윤이 나는 잠바를 벌써 몇 년째

** Rosa. 아내의 세례명.

입고 식당에 가서도 여기 물 한 잔 더 주세요
말을 하지 못하네 꼭
제 손으로 떠다가 먹는다네 짬뽕은 얼마예요
전화에다 대고 묻는다네 짬뽕을 시킬 때도 꼭
그렇게 짬뽕 같은 말을 한다네 자기 일찍 들어와야 돼
한 번도 안아달라고 얘기한 적이 없다네 나와 함께
호미와 물통을 들고 밭에 갔다오는 아내는
도대체 그 어느 시공에 놓인 여인인지 혹시
가공의 인물은 아닌지 당신
내 아내 맞아? 유방을
만져본다네 음핵은

과연 있는지 용렬한 내 주변의 인물들이
동정하고 찬미해도 아내는
의연하다네 미동도 하지
않는다네 한파주의보 내린
이 얼어붙은 겨울

은행 잔고가 29,109원뿐인 이
무가내하한 불가항력의
겨울

나는

저수지 얼음을 동그랗게 깨고 그 안에
알몸으로 쏙 들어가
시조를 읊던

옛날
外家외가의 어떤 할아버지처럼
수염에 고드름이 주렁주렁 달렸다네
고개만 쏙 내밀고

이 무슨 지옥훈련, 웨스트 포인트의
애니멀 코스란 말인가 bondage란
말인가 나는

거기다 대고 찍찍
오바이트하듯
射精사정을 하는가 악마적인

극미주의란 말인가 뭔가

결혼 10년

기적이고 은총이고 축복이고
축복이고 은총이고 기적이었네 아프지만

말아라 아이들

코 묻은 돈을 갖고 소꿉장난 같은 삶을
살고 있지만 나의 삶은 역사상
그 유례가 전혀 없는 전무후무한
특수한 삶 그러므로

영광도 없지만
치욕도 없다

어디 가서 또 손을 벌리랴

청량산* 黃金錨臺황금묘대**

---

* 청량산(淸凉山) : 필자가 사는 인천의 연수구, 그 옥련동 · 선학동 · 연수동 · 청학동 · 동춘동 등 일원에 광범위하게 위치한, 면적 657,000㎡ 해발 172m의 급업(岌業)하고 외연(巍然)한 착하고 아름다운 산. 해면에 위치하고 있어 대륙성 기후와 해양성 기후의 영향으로 기상변동이 심하며, 산 전체가 요악(妖惡)스러울 만큼 농염하고 애애(靄靄)한 안개(海霧, 雲霧)로 뒤덮이는 때가 잦아 가위(可謂) '나의 山'이라고 할 수 있는 나의 '靈山'이다. 급경사와 기암괴석으로 수직정상을 이루고 있으며, 주변이 해안에 접한 낮은 지대이기 때문에 천인단애의 고도감을 느끼게 한다. 필자에게는, 육체와 영혼이 명실상부한 폐인지경이었을 때 이 산을 오름으로써 소위 '건강'이라는 것을 회복할 수 있는 심원한 암시와 복선의 중차대한 계기가 된 산이므로 그 샛별 같은 눈동자를 각별히 편애하여 외경의 마음으로 즐겨 찾는 정말 고마운 天上의

그 斷崖[단애]의 끝

百尺竿頭[백척간두]에 선 내 자지
그 龜頭[귀두] 끝에 나는 또
鋼鐵[강철]의 낚시바늘을 끼운다 까딱까딱하면 이곳

西海의 끝 그 滄波[창파]에 錦鱗魚[금린어]
雙鯉躍出[쌍리약출]한다 그 민물고기가 翩翩黃鳥[편편황조]
雌雄相依[자웅상의]한다 鴛鴦衾枕[원앙금침]이 만경창파

수평선 너머 중국 산뚱반도까지
넘실댄다 雙雙雙雙雙雙雙雙雙雙雙雙雙 …
雙罰[쌍벌]한다 한 隻
돛단배, 그 一葉輕舟[일엽경주]

'애인'과도 같은 산이다.

** '황금의 닻을 내리는 높은 곳'이라는 뜻으로 필자가 명명한, 황해를 바라보는 청량산의 한 단애, 그 끝의 한 너럭바위, 日出이나 日沒의 그 유암(幽暗)하다 못해 요요(夭夭)한 분침(氛祲)의 때에 그 황금묘대에 앉아서 서해를 바라보면 청량산은 그 자체가 하나의 거대한 범선(帆船) 같고, 그야말로 '황금의 닻'을 내리는 듯한 착각과 환상에 빠진다. 황금대(黃金臺)는 燕의 昭王이 國都의 東南에 臺를 쌓고 천하의 賢士를 초치한 곳이지만, 황금묘대는 그저 '詩는 나의 닻(錨)'이라고 한 김수영의 金言을 생각나게 하는 어떤 '나의 彼岸'이다. 한번 가봐라. 좋다.

河豚하돈*처럼 黃河황하를
거슬러 오른다 海牛해우**처럼
양쯔江을

이 새벽 청량산은
가엾은 아내의 산,

그 청량산에서 내려다보는
바다는 가엾은 아내의 바다
내려다보다가 올려다보는

하늘은 가엾은 아내의 하늘

이 오돌오돌 떠는 滿乾坤만건곤한
가엾은 아내의 깜깜한
새벽은 乾坤離坎건곤리감
太極태극의 새벽

휘황한 金貨금화를 분출하며
치솟는 여기는 東海동해가 아닌 서해

---

* 복어를 말함.

** 1960년대 초까지만 해도 3m가 넘는 해우가 인천 앞바다에 출몰했었다.

태양의 아내

이스터섬의 거석문화 같은
잉카의 황금문명 같은

장엄한
찬란한

아내와 내가 지은
아내와 나의

神殿신전이여 그 神殿에 銘刻명각된
神託신탁이여 하꼬방이여 거룩한 城성
예루살렘 같은

巢窟소굴이여 洞窟동굴이여
그 國家여
祖國이여

애국가가 절로 나오고 국민교육헌장
조국찬가가 무시무종하다 불을 지핀

원시인이여 잡은 짐승을 굽는

두 그림자여 크게 울리는
목소리여 자다가 깬

어린 원시인이여 돌칼 돌도끼
하나 없는 맨손의
원시인 一家여 그대로

浮彫[부조]가 되어 가는
神[신]이 그린 木炭畵[목탄화]여

考證[고증]이 안 되는
副葬品[부장품] 없는
해독 불가능한 象形文字
不立文字의 BODY LANGUAGE
暗號[암호]

은하수 너머
우주의 끝으로 打電[타전]된

電送[전송]된

光速[광속]의

파이어니어號[호]

그 황금 도금된 금속 銘板[명판]에 새겨진

누드*여

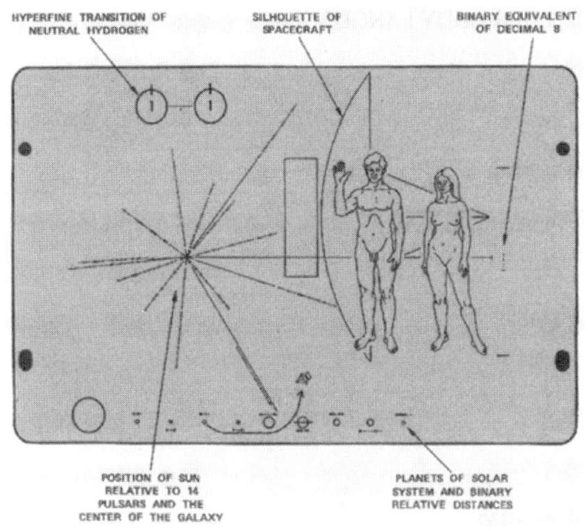

* 1972년 3월 2일 발사된 파이어니어 10호, 1973년 4월 5일 발사된 파이어니어 11호의 선체에 내장된 가로 9인치 세로 6인치 크기의 황금 도금된 명판(銘板, plaque)에 그려진 그래픽 메시지. 이 명판엔 우주선의 윤곽, 10진법 8에 대한 2진법 동치(同値), 14개 펄서(전파 천체)와 은하계의 중심과의 상대적인 태양의 위치, 태양계의 행성들과 2진법으로 표시된 상대적인 거리 등이 그려져 있는데, 그 그래픽 메시지의 남자와 여자는 컴퓨터 분석으로 결정된 우리 문명의 평균적인 남자와 여자의 체격과 모습이며, 오른손을 들고 있는 것은 친절과 호의(good will)의 제스처이다.

'사랑'이여 —

그러면 또 아내는 麗姬여희**처럼
상냥하게 중얼거릴지도 모르지

내 어쩌다가 저 異人이인에게 끌려와
이런 호강을 하게 되었을까
행복하고 감사하다고

나는 분명 횡재한 여인이고
선택된 인간이라고

** 여희: 晉의 獻公이 사랑한 美人. 원래는 '艾'라는 지방의 국경을 지키는 한 하급관리의 딸이었는데 晉으로 시집가게 되었을 때는 죽어도 안 간다고 얼마나 울었는지 옷깃이 다 젖을 지경이었으나 막상 왕궁에 도착하여 왕과 같이 가구와 침대를 쓰고 산해진미를 먹기에 이르러서는 이런 줄도 모르고 처음에 그렇게 슬퍼 울었던 일을 뉘우쳤다고 한다. 그 일을 예로 들어 그와 마찬가지로 죽은 사람도 막상 죽어보니까 의외로 즐거워서 죽기 전에는 왜 그렇게 살기를 바랐던가 하고 후회하지 않는다고 누가 말할 수 있겠는가 하며 자신의 死生觀을 설명한 莊子의 그 포풍착영(捕風捉影)의 천자(擅恣)한 기롱(譏弄)을 참조할 것. 予惡乎知說生之非惑邪, 予惡乎知惡死之非弱喪而不知歸者邪, 麗之姬, 艾封人之子也, 晉國之始得之也, 涕泣沾襟, 及其至於王所, 與王同筐牀, 食芻豢, 而後悔其泣也, 予惡乎知夫死者, 不悔其始之蘄生. — 齊物論

나 항상 여기 오래오래 살리라…

번안곡 〈아! 牧童목동아〉
그 가사가 절로 나온다고

'水準'은 높았고
지극히 높았다고

가끔씩 속으로 남편을
원망한 적도 있는 그 모든 일장춘몽이
아름다운 꿈이었노라고

밥하고 빨래하던 그 모든 일들이

詩人이나 聖者의 그것*처럼
소중한 것이었노라고.

---

* 이 부분은 Thornton Wilder, 〈Ower Town〉 ACT THREE에 나오는 다음의 원문을 참조할 것.

EMILY[in a loud voice to the stage manager]: I can't. can't go on. It goes so fast. We don't have time to look at one another.[She breaks down sobbing. The lights dim on the left of the stage. MRS WEBB disappears.] I didn't realize. So all that was going on and we never noticed. Take me back — up the hill— to my grave. But first : Wait! One more look. Good-bye, Good-bye, world. Good-bye, Grover's Corners··· Mama and Papa. Good-bye to clocks ticking··· and Mama's sunflowers. And food and coffee.

나는 결코
'가엾은 아내'가 아니었노라고.

And new-ironed dresses and hot baths··· and sleeping and waking up. Oh, earth, you're too wonderful for anybody to realize you.[She looks towards the stage manager and asks abruptly, through her tears]Do any human beings ever realize life while they live it? — every, every minute?

STAGE MANAGER: No.[Pause]The saints and poets, maybe — they do some.

EMILY: I'm ready to go back.[She returns to her chair beside Mrs Gibbs. Pause.]

MRS GIBBS: Were you happy?

EMILY: No··· I should have listened to you. That's all human beings are! Just blind people.

MRS GIBBS: Look, it's clearing up. The stars are coming out.

恩寵은총

門이 닫혀가네, 暗窟암굴의 거대한 石門이
서서히 닫혀가네, 눈은 흐리고
태양의 마지막 殘光잔광이
병아리떼처럼
찢어지게 쏟아져 들어오네
삼손이여 헤라클레스여
육중한 저 門을 멈추게 할 자 누구인가
저 門을 멈추게 할 수 있을 것을
저 門을 활짝 열어제칠 수 있을 것을
아아, 저 門을…
門틈으로 반짝이는 초록별 하나
내 貫通관통하는 눈과 마주치면

主宰주재여, 平和처럼 나를 놓아 주소서.

■ 해설

무소유를 너무 많이 소유해버린

—김영승 시의 최근에 대한 한 잡문

이문재(시인)

무소유란 무엇입니까, 라고 큰스님에게 물었다. 큰스님이 말했다. 이눔아, 무소유란 아무것도 소유하지 않는다는 게 아니다. 무소유란 말이다, 꼭 필요한 것만을 소유하는 것이다, 알겠느냐!

나는 고개를 꺾었다. 아, 그렇구나, 필요한 것만 갖는 것이구나. 고개를 꺾어버린 나는 내가 필요한 것들의 목록을 꿰어보기 시작했다. 토끼 같은 식구들, 여우굴 같은 집, 토끼와 여우들이 사는 술집, 미녀와 야수들이 들끓는 일터, 바지락을 많이 넣는 칼국수집, 술 먹고 새벽에 전화해도 짜증을 많이 내는 벗들, 지금은 만날 수 없어서 사이가 아주 좋은 옛 애인들, 언제든지 욕해도 되는 권력들, 언제든지 쌍욕을 해대도 말이 없는 자본주의, 실제로는 아주 작아서 시시껄렁한 거대담론, 실제로는 아주 작은 것들이 으스대는 미시담론 따위, 그리고 이런 것들도 나는 꼭 필요하다. 그리움, 기다림, 느림, 절제, 금욕, 청빈, 단순함, 다양한 중심, 나선형의 시간, 가로지르기, 개곡선, 순환하는 세계 … 아, 끝이 없었다. 나는 도무지 필요한 것만을 소유하는 무소유를 소유할 수가 없는 것이었다.

다른 큰스님께 물었다. 무소유가 뭣인가요? 먼젓 스님보다는 소탈하게 생기신 스님이 분명한 발음으로 일러주었다. 무소유란, 우주를 소유해버려서 더 이상 아무것도 필요하지 않은 상태를 말하는 것이다. 견성, 깨달음의 경지를 말하는 것이었다. 나는 무릎을 꺾었다. 머릿속이 하얘졌다. 아, 무소유란 우주를 갖는 것이구나. 우주 그 자체가 되어버리는 경지이로구나.

무릎을 꺾어버린 나는, 우주를 끌어안을 수 없었으므로 무소유를 이룩할 수가 없었다. 내 몸이 우주이며, 내 삶도 우주이며, 내가 쓴 짧은 글 한 편도 제각각 우주라고 우겨대면서도 나는 우주를 소유해 더 이상 아무것도 필요 없는 높은 차원을 경험할 수가 없었다. 내가 우주인데, 우주를 가질 수 없다니. 이것은, 아니 이것이 분열증이 아니고 무엇이란 말인가('내 속에 내가 너무도 많은 것이다). 생각과 생각 사이에 아무런 연관이 없는 국면. 이 생각이 저 생각을 무심하게 바라보는 사태. 술을 마시지 않으면, 나는 내가 그리운 것이다.

오랜 친구(그러나 최근 몇 년 동안 전화 한 통화한 것이

전부인) 영승의 시의 최근은 쓰렸다. 영승의 시를 읽는 나는 우울했고, 주눅 들었고, 간혹 웃기도 했지만, 맑고 찬 소주 한 잔 마시지 않고는 더 이상 읽어내려 갈 수 없는 아픈 문장들이었다. 혈중 알코올 농도를 '평상시 수준'으로 끌어올리기 위해 인쇄되기 직전의 시 원고들을 접어놓고 외출하지 않을 수 없었다.

기어이 이렇게 혼자 술을 마시게 하는 시들이 있기는, 간혹 있는 것이다. 있어서, 혼자 첫잔을 붓다가 멈칫했다. 그래, 이 첫잔은 영승의 시들에 바치자. 아, 시여, 삶이여, 눈물이여, 궁핍이여, 오기여, 단독자여, 메시아여, 백수여, 마침내 시인이여! 그러고 있는데 뭔가 내 뒤통수를 후려치는 것이었다. '무소유보다도 찬란한 극빈'이란 영승의 시집 제목이었다! 내 뒤통수는 갑자기 화려해졌다. 내 배후가 환해졌다. 영승의 근작 시들을 읽다가 퍼뜩 떠올랐던 두 분 큰스님의 무소유론이 단칼에 날아가 버리는 것이었다. 날아가 버린 것이어서, 나는 아주 기분이 좋아졌다. 좋아져서 혼자 많이 마셨다(그 이후로도 여러 날, 여러 번을 마셔서, 발문도 아니고 해설도 아닌 이 애매한 성격의 잡문은 마감시간을 여러 번 넘기고 말았다).

*

영승의 시에서 무소유는 말 그대로 무소유다. 필요한 것을 가지지 못한 무소유고, 우주를 다 갖지 못한 무소유다. 한마디로 무소유로 인한 '찬란한' 극빈이다. 이번 시집에 실린 적지 않은 시들이 이 극빈의 생태학이고 심리학이며, 극빈의 사회학이자 인류학이다. 그러나 시 속의 극빈은 '○○학'으로 객관화할 수 있는 성질의 것이 아니다. 시 속의 극빈이고, 극빈 속의 문학이기 때문이다. 10여 년 전, 1980년대 후반에 발표된 영승의 초기 시에도 궁핍의 시학은 도저했거니와, 그 궁핍의 시학은 풍요의 거품이 끓며 넘치던 1990년대 중반을 거쳐, 구제금융 시대를 통과하고 바야흐로 새천년의 입구에서 어떤 '맑음'을 획득해 있다. 야유와 비아냥, 분노와 절망 사이사이로 영승의 시들은 극빈의 시학(철학)을 내비치고 있는 것이다.

나는 20세기 산업자본주의를 과잉과 결핍의 악순환이라고 못 박은 바 있다. 엄청나게 생산해서, 엄청나게 소비하고, 엄청나게 폐기하는 산업자본주의가 브레이크도 없고 사이드 미러나 룸 미러도 없으며 좌우회전 깜빡이도 없는, 앞으로만 달려 나가는 고장난 엔진이라는 사실은 이제 초등학교 아이들도 다 아는 상식이다. 이 고장난, 그러나 강력한(너무 강력해서 고장난) 엔진은 풍요와 편의, 젊음과 건강만을 추구하는 욕망이라는 이름의 엔진이거니와, 그 욕망이 달려가는 고속도로에는 과잉과 결핍의 풍경들이 자욱하다.

모두 과잉이고 그 과잉들은 또 그물망처럼 연결되어 있다. 세계화 과잉은 열등감 과잉과 권력(개혁) 과잉은 그 권력을 닮는 (사이비) 저항 과잉과, 생산 과잉은 소비 과잉과, 청소년 과보호는 어른들의 지나친 위선과 무책임과, 정보화 과잉은 사이버 폭력 과잉과, 노출 과잉은 관음증 과잉과… 이루 말할 수 없이 연결되어 있었다.

과잉은 결핍의 다른 이름이다. 결핍은 과잉의 후폭풍이고, 과잉은 결핍의 태풍의 눈이다. 그리하여 과잉은 과잉에게, 결핍은 결핍에게 스스로 폭력이다. 과잉은 결핍에게, 결핍은 과잉에게 서로 무지막지한 극단이다. 결핍을 먹고 자라는 과잉, 과잉을 욕보이는 결핍, 과잉과 결핍으로 쿵쾅거리며 달려온 20세기가 지금 '과잉과 결핍'의 과잉으로 씩씩거리며 21세기로 진입해 있다. 가진 자, 배가 불러 터질 지경이고, 못 가진 자, 제 뱃가죽 제 잔등에 들러붙일 기력조차 없다.

그리하여 눈 밝고 귀 열린 선각들은 일찍부터 설파해왔다. 그동안 적으로, 수단으로 여겨왔던 뭇 생명들과 '단체 협약'을 새로 체결하자. 그리하여 자연과 생명의 순환질서를 파괴하는 풍요(경제)의 논리를 버리고, 스스로 가난한 삶의 방식을 선택하자. 그리하여 생태 논리에 의해 움직이는, 이른바 지속가능한 문명을 건설하자는 것!

문제는 가난이다. 기계와 네트워크와 시스템과 체제가 제공하는 온갖 기득권(엄밀하게 말하면 소비능력이지만)을 포기하고 불편한 가난으로 돌아가야 한다. 그런데 거개의 기득권들은 도시에 집중해 있으니, 카지노 자본주의라고도 불리는 산업자본주의가 기득권이라고 세련되게 포장한 기득권(소비능력)은 도시라는 인공낙원에 가득하다.

그러니 일단 도시적 삶에서 벗어나야 한다. 도시에서 가난한 것과, 밭을 갈거나 조개를 캘 수 있는 시골에서의 가난은 그 성격이 전혀 다르다. 도시는 가진 자에게는 아직 천국이지만, 못 가진 자에게는 이미 연옥이다. 도시적 삶에서 삶이란 소비하는 삶이다. 그 이상도 이하도 아니다. 소비능력이 없어지는 순간이 곧 죽음인 삶이다. 소비능력은 어디서 오는가. 그것은 몸을 파는 데서 온다. 도시적 삶은 오직 '화대'로서 영위되는 삶이다. 영승의 시가 자주 강조점을 찍는 것처럼 치욕의 삶이다.

하지만 땅에 뿌리박는 삶에서 '몸값'은 화대가 아니다. 도시적 삶에 견주어, 땅에서 나는 소출과 내 몸(노동) 사이에는 도덕적 마찰이 비교적 덜하다. 도시에서 내가 대부분 피고용자였다면, 시골에서 나는 어느 정도 내 삶의 주인 행세를 할 수 있다. 도시적 삶에 견주어 웬만큼은 자립, 자존, 자족할 수 있는 것이다. 신이 죽고, 신이 죽어서 인간은 도시를 만들었지만, 이젠 도시가 죽었다. 도시가 죽어서 인간이 죽게 된 것이다. 인간은 도시를 만들고, 도시는 인간을 죽였다. 그리하여 모든 성자들은 기도원으로, 수련원으로 명상원으로, 기센터로, 토굴로, 유기농 농장으로, 청정 해역으로 다 빠져나갔다.

도시가 폐허로 변하고 있는 이때, 깨어 있는 자들이 모두 피난하고 있는 이때에 내 친구 영승은 인천광역시 연수구 동춘2동 943번지 임대아파트에서 떠날 생각을 않고 있다. 그곳에서 '무소유보다도 찬란한 극빈'의 삶을 이끌어가고 있다. 이끌 뿐만 아니라, 그 삶의 극명한 전위에 서기도 한다. 나는 영승이, 아니 김영승 시인이 도시에 남은 마지막 성자인지 모른다, 라고 생각한다(잡설이 너무 장황해졌다).

*

영승의 시는, 거대 도시라는 썩은 진창에서 "내가 최고라고/ 나만이 나의 영도자라고, // 나만이 나의 '노예'"(〈G7〉) 라고 선언한다. '성기인 얼굴'을 드러내 놓고 다니는 천박한 사회, 민주주의가 새로운 폭력으로 작동하고 있는 타락한 사회, '일동, 동일'을 외치는 위험한 사회에 대한 시인의 질타는 예전보다 많이 줄어 있다. 대신 영승의 시들은 어머니와 아내-나-아들로 이어지는 가족사를 주목한다. 아버지는 일찍부터 부재했거니와, 그 자리에는 '하나님 아버지'가 자주 출현한다. (어느 평론가의 표현대로) '편모슬하에서 시를 쓰던' 시인은 사회적으로 남편과 아버지가 되었지만, 시인에게는 사회가 요구하는 남편과 아버지가 되려는 "성질"이 없다. 그러나 '편모슬하의 시'가 '아들을 둔 시'로 이동하면서 시는 훨씬 애틋하고 자상해져 있다(그의 초기 시, 즉 〈반성〉 연작에서부터 연민은 바탕에 홍건해 있었다).

이번 시집으로 들어가는 길은 물론 여러 갈래다. '어머니/ 하나님/ 아내-아들/ 남편/ 아버지/ 나 -아들/ 나'라는 코드에 주목하는 심리적 분석도 풍요로운 결과를 낳을 수 있을 것이고, 김영승 시에서 도저한 메시아 콤플렉스를 탐사하는 평문을 기대할 수 있으며, 그의 시에서 성적 이미지가 어떤 전략으로 구사되고 있는지를 해부하는 것도 흥미로울 수 있다. 하지만 이 작업들은 공부가 모자라는 나에게는 능력 밖이다. 나는 우직하게 '극빈의 세목'을 따라 읽으며, 극빈이 낳은, 아니 시인이 도시라는 진창에서 피워내는 연꽃 몇 송이를 훔쳐보려는 것이다. 김영승의 빼어난 서정시를 함께 읽으려는 것이다.

영승이 토해내는 서정시는 봄비를 맞는 진달래와 개나리 꽃잎을 "강력"하다고 말하는 서정시이다. 여리기만 한 꽃잎을 강력하다고 말하는 무의식에는 다치거나 병

들어 허약한 몸에 대한 자의식이 작용하고 있을 테지만, 그 강력함에는 그 누구에게도, 그 무엇으로부터도 간섭받지 않으려는 '위대한 개인'으로서의 자긍과 위엄이 내장돼 있다. 영승은 시에서, 나를 지배하는 것은 오직 나이며, 내가 부릴 수 있는 노예 또한 오직 나라고 선포하고 있다.

영승의 서정시는 박수근의 목탄화 같은 색조를 띠지만, 박수근의 목탄화처럼 나른하기만 한 것은 아니다. 연민을 바탕에 깔되, 칼 같은 자의식, 그러니까 시인이 시인으로서 살 수 없는 세상에 대한 분노와 허탈이 비죽비죽 솟아나 있다. 그것이 반성이고 성찰이며, 나아가 어떤 (희망이나 행복이란 단어처럼 내 '사어 사전'에 등재돼 있는 것이지만) 전망의 일단을 내비치는 것이다.

〈꽃잎 날개〉라는 시를 보자. 시 속은 초복날, 시 속의 화자는 "얼음 띄운 맑은 물에 반듯하게 썬 오이지"에 밥을 먹고 있다. 한낮, 자기 마음을 다스릴 줄 아는 선비의 풍모가 엿보이는, 정돈이 잘 되어 있는 풍경이다. 마당 한 귀퉁이에는 꽃들이 한창이고 나비며 잠자리, 말벌, 풍뎅이가 날아든다. 생태적으로도 완벽하다. 낙원이다. 하지만 그 다음 5연으로 접어들면서 무릉도원은 현실로 하강한다. "인천에서도 배다리 그 도원고개/ 그 기찻길 옆 길 건너 대장간 철공소 붙어 있는 동네", 서민들이 살아가는 구체적인 삶의 현장인 것이다.

그러나 그 삶의 현장은 아내와 어린 아들에 의해 다시 상승을 일으켜 시 전반부의 풍경으로 돌아간다. 아내는 초복이라고 마늘을 까며 닭 한 마리 고을 준비를 한다. 어린 아들은 부엌에서 목욕을 하고 있다. 여기서 다시 시의 화자는, 시 속의 풍경은 현실로 착지한다. “나는 어느 꽃잎 어느 날개 속에/ 이들을 포근히 뉠꼬”. 맑은 물에 띄운 오이지에 맑은 밥 한 술을 뜨는 ‘시인’은 화들짝 놀라 “强風에, 急流처럼” “새카맣게 휘몰아쳐 들어오”는 것들을 보고 있다. 이 시 한 편이 시인과 시인 가족이 마주하고 있는 현실의 압축 파일이다. 일련의 시들을 더 읽어보자.

〈氷上, 木炭畵〉에서 원고료로 부지하는 시인은 “스와니강 노래를 나직이 부”르며 가족의 안위를 염려하고, 〈처음보는 여자〉에서는 아들의 삶까지 자기 삶의 연장으로 인식하며 “가난한 자는 복이 있나니 하는 진리를 발원해 법열하는 데 거의 50년이 걸”렸다고 진술한다.

〈잘못 쓴 시〉는 〈꽃잎 날개〉의 전반부를 확장하고 있다. 부엌에서 목욕하던 아들은 썰매를 타러 나가고, 마늘까던 아내는 된장국을 끓이고 있다. “고구마 깎고 국수 삶고” “초가지붕 처마 밑엔/ 고운 솜털 한 줌 참새, // 밤은 깊겠네”. 마치 백석이 표준어로 쓴 시를 읽는 듯한 착각이 들 정도로 아름답다. 비현실적으로 아름다워서 제목을 ‘잘못 쓴 시’라고 달아놓은 것일까.

〈잘못 쓴 시〉는 〈겨울 눈물〉의 첫 연의 상태에서 쓰여진 시이리라. 〈겨울 눈물〉첫 연은 "내 오늘은 울리/ 그냥 울리/ 울면서 그냥/ 울리". 그리고 마지막 연은 이렇다. "하나님 아버지/ 울게 하시니/ 감사합니다.//웃게도 하소서". 이 대목은 그의 시가 한 걸음 나아가 있다는 증거이다. 1980년대 말엽에 나온 두 번째 시집 《車에 실려가는 車》에 나오는 짧은 시 〈반성 902〉를 들춰보자. "하나님 아버지/ 저는 술을 너무 많이 먹어서 그런지/ 날이 갈수록 머리가 띨띨해져 갑니다/ 고맙습니다"라며 자조하던 시인이 10여 년 뒤, 웃을 수 있게 해달라고 기도하는 것이다. 10여 년 사이, 시인은 낮아진 것이다. 시인은 끊임없이 반성하고, 반성하는 틈틈이 세상을 향해 욕설을 퍼붓기도 하지만, 시인의 시선은 가까운 데를 향하고, 자기 내부를 향하고 있다. 그리하여 〈극빈〉이나 〈인생〉, 〈북어〉, 〈아플 때〉와 같은 시를 쓰며 기어코 한 걸음 앞으로 내딛는 것이다.

극빈은 "무소유보다도 찬란하"지만, 극빈은 피할 수 없는 "명령"이고 "반역"이다. 그래서 "'쪽'도 많이 팔렸"다. 임대아파트 임대료가 두 달째 밀려 있는 것이다. 극빈은 치욕이어서, 신경을 날 서게 한다. 날 선 신경은 자기 자신뿐만 아니라, 가족에게도 상처를 준다. 시 속의 '나'는 "누가 갖다준 386 고물 컴퓨터"로 글을 쓰는데, 아마 아들이 잘못 건드리는 바람에 '나'가 써놓은 글이다 날아간 모양이다. "분노가 '滿tank'가 되어" 폭발한 것이다. 아들에게 "죽여버릴 거야"라고 폭언한 것이다. 그리고는 "십년 공부가 와르르르르르르 …/ 무너지는 순간"을 겪는다. 가난이 원인이었다. "소위 '가난'/하지 않았다면 우리 사이에 무슨/ 싸울 일이 있겠느냐 치욕에 치욕에/ 또 치욕". 그러나 시인은 가난에, 치욕에 굴복하지 않는다. 그런 것들에 의해 "변형"되지 않는다는 자기 확인을 거듭하는 것이다.

가난의 원인은 단 한 가지다. 아들이, 남편이, 아버지가, 가장이, 그리고 '나'가 시인이기 때문이다. 그것도 어설픈 시인이 아니라, 진정한 시인이기를 고집하는 시인이기 때문이다. 시 〈옷〉은 천형을 받은 시인의 이력서이다. "스물 살 이후로 나는 상복만 입고 살았구나". 그 상복이 바로 시인의 표지이자 자의식이다. "죄수복 같은. 환자복 같은. 아무도 모르는, 그저 평범한/ 내가 입은 옷은 상복 단 한 벌뿐/ 누더기 상복 한 벌만 입고 살았구나". '아니다'라고 분명하게 말하고, 그 말과 자신의 삶을 일치시키려는 시인은, 이 더러운 사회가 보기에 죄수이거나 환자이다. 아니, 아무도 알아주지 않는 평범한 존재인지도 모른다. 하지만 천형을 거부하지 않고 천형과 더불어 살아가는 시인은 그 상복을 "천상의 예복"이라고 말한다.

그러나 '천상의 예복'은 현실의, 일상복이 못 된다.

〈북어〉(나로 하여금 읽던 시를 접어두고 기어코 술을 마시러 나가게 한 시가 바로 이 시다)에서 시인의 아내는 북어를 두들겨 패는데, 마음속으로 아내는 무엇을 패고 있었을 것인가. 출산하고 난 아내가 부엌에서 북어를 두들겨 패고 있다. 시 속의 나는 술에 취해 자고 있고, 아내는 "뭐 씹는 게 먹고 싶어서요…"라며 먼지 쌓인 북어(어머니가 갖다주신)를 꺼내다가 씹고 있다. 술 취한 나는 "그럼 오징어라도 사다 먹지…" 그러자 아내는 한참 뒤에 무표정하게 말한다. "돈이 없어요…"(나는 여기서 무너졌다. 대체 시, 시인, '순결한 나', '문제적 개인'이 무엇이관대…). 시 속의 '나'는 "흑인들같이/ 아내를 윤간하고 있는 것 같"다고 안쓰러워하고 있지만, 아, 시인으로 살아가기의 참혹함이라니. 시인으로 살아가기의 난감함이라니.

*

단순하게 말해서, 이 시대에 시인으로 살아간다는 것은 자기를 지키려고 안간힘을 쓴다는 것이다. 일체 타협하지 않는 것이 아니라(타협하지 않으려면, 시인이 되는 순간, 죽어야 한다), 남들보다 덜 타협하려는 것임에도, 그 '덜' 때문에 안팎에서 고통이 폭발한다. 시인이 보다 덜 타협하며 살아가려 한다는 구체적인 은유는 늙은 호박이다. 텃밭 농사에 애착을 보이는 시인은 〈매달려 늙어간다〉에서 다음과 같이 오연하다. "아내여, 아직 매달려 늙어가는, 호박 여섯 개는 이제, '아빠, 그럼 우리는 부자네!' 하는 아들의 탄성처럼, 우리를 풍요롭게 할 것이다. 매달려/ 늙어가는 호박은, 끌려가지 않는다". 매달리되, 아니 매달려 있기 때문에 끌려가지 않는다는 장자(莊子) 적인 자세다.

상복을 입은 시인은 프로토프테루스이다. 아프리카 사막의 마른 강에 산다는 폐어류, 프로토프테루스, 마른 강, 즉 도시 사막에 사는 프로토프테루스는 동물성(돈을 버는 성질?) 을 벗어버리고(아마 아예 없었는지도 모른다. 동물성 시인은 없거나, 있어도 명이 길지 못하다) 식물성으로 회귀하며 전진하고 있다. 임대아파트(끌려가지 않고 매달려 있는 삶의 현장) 가까이에 있을 작은 텃밭에서 그 식물성의 꿈이 영글어간다. 영승의 시의 최근에서 가장 맑고 환한 장면 가운데 하나가 텃밭에서 키운 푸성귀를 언급할 때이다. 〈맹구여, 맹구여…〉가 그렇다.

"밭에는 우선/ 아욱, 얼갈이배추, 상추, 열무를 심자/ 심은 뒤 또 한차례 비오고 나면/ 고추, 가지, 방울토마토, 완두콩을 심자/ 호박은? 호박은 심을 데가 있을까?// 화분에 승기하수종말처리장에서 따온 보리를 심자 밀을 심자/ 분꽃 나팔꽃을 심자// 씨를 뿌린다는 것은 '計劃'한다는 것// 얏호!// 계획, 계획// 미래에 대한 彫像”. 눈먼 거북이가 나무 판자를 만난 형국이다. 영승의 최근 시는 식물성이란 “방주”를 하나 마련해 놓고 있다.

식물성은 내성적이다. 동물성이 공간지향적이라면, 식물성이 시간지향적이다. 식물성은 “얼떨결에/나를 따라오는/나의 그림자에게/꾸벅/‘謝過’”(〈威嚇의 詩人〉) 할 줄을 안다. 과거를 돌아보고, 현재를 둘러보며, 미래를 내다본다. 동물성이 근시안적이라면 식물성은 멀리 내다본다. 동물성이 자연과 단절된 도시적 삶의 작동 방식이라면, 식물성은 자연에 순응하는 생태적 삶의 방식이다. 도시의 마지막 성자는 도시에 마지막 남은 흙인 아파트 텃밭에서 “사는 날까지 살자/죽는 날까지 살지 말고”라는 주문을 외운다.

성자에 대해 안다는 것과 성자로 살아간다는 것 사이에는 아득한 거리가 있다. 나는 알지만, 용기와 능력이 부족해서 그렇게 되지는 못한다. 나는 시인 김영승이 도시의 마지막 성자라는 사실이 자랑스럽지만, 내 친구 영승이 앞으로도 계속 성자이기를 바랄 만큼 강한 심장을 갖고 있지 못하다. 나는 내 어린 아들이 시인이 되기를 바라지 않는 것처럼, 내 친구가 ‘극빈의 찬란함’을 더 이상 구가하지 않기를 바란다. 이 극악무도한 시대와, 징그러운 “인생”과 싸우는 시인의 참모습을 그의 시는 이미 충분하게 보여온 것이다. “무소유보다도 찬란한 극빈"의 지도를 그려 보이며, 시인으로 살기의 존엄을 온몸으로 보여준 것이다. 그러니, 친구여, 나쁜 친구인 나는 내 좋은 친구 영승이 시 속에서 영승(永勝)하고 있는 것처럼 삶 속에서도 조금은 영승(永勝)하기를 바라는 것이다.

성자들아, 아니 친구들아, 아프지 말자.

그리하여 우리 "사는 날까지 살자. 죽는 날까지 살지 말고".